Das Reich der Sieren

Katrin Lachmann

DAS REICH DER SIEREN

Katrin Lachmann

All-age-Fantasy

Autor

Katrin Lachmann, 1968 in Görlitz geboren, wuchs in Weißwasser auf, wo sie heute noch mit ihrem Mann lebt.

Seit 2003 schreibt sie vorwiegend Kurzgeschichten, Erzählungen und Romane. Sie liebt es, mit ihrer Fantasie und ihren Protagonisten auf Reisen zu gehen.

Im Jahr 2008 veröffentlichte sie ihre erste Kurzgeschichte mit dem Titel „Hans im Unglück" in der Anthologie „Gefühlte Welt".

Alle Rechte vorbehalten.
© Katrin Lachmann,
überarbeitete Neuauflage 2021
Covergestaltung: Dream Design - Cover and Art
Lektorat, Korrektorat: Yule Forrest
Verlag & Druck: tredition GmbH, Halenreie 40-44,
22359 Hamburg
ISBN Paperback 978-3-347-34781-6
ISBN e-Book   978-3-347-34783-0

Es war der letzte Schultag vor den großen Sommerferien. Agathe kam aus der Tür ihres Hauses im Lilienweg 2. Sie schaute zum Nachbargrundstück. Wo blieb Alina? In fünf Minuten kommt der Schulbus, dachte die Zwölfjährige. Gerade wollte sie zur Bushaltestelle laufen, da hörte sie die Eingangstür der Familie Marcus mit einem lauten Knall zuschlagen und Alina, ihre Freundin, lief, so schnell sie konnte zum Gartentor.

Ihre Jacke war offen und der Rucksack hing nur auf einer Schulter.

„Ich bin spät dran. Mein Wecker hat nicht geklingelt." Die Mädchen rannten den Lilienweg hinunter bis zum Dorfplatz. Der Bus stand schon mit laufendem Motor an der Haltestelle. Die Freundinnen waren, wie so oft, die letzten.

Der Busfahrer begrüßte beide: „Na, wieder einmal nicht aus den Federn gekommen?"

Er schloss die Tür und fuhr so rasant an, dass beide Mühe hatten, sich auf die freien Plätze zu setzen. Agathe rempelte Peter, einen Jungen aus der zehnten Klasse, unsanft an.

„Kannst du nicht aufpassen, du blöde Kuh!"

Seine Stimme hallte durch den Bus. Agathe hatte das Gefühl, als ob jeder Fahrgast sie anstarrte.

Von vorn kam die Bemerkung: „Das war doch Agathe, die Granate." Gelächter ging durch die Reihen.

Sie wurde rot und wäre am liebsten im Erdboden versunken. Warum musste ihr das immer passieren? Niemand lief mit solch einem bescheuerten Namen herum. Wie kann man sein Kind bloß Agathe nennen? Diese Frage hatte sie sich oft gestellt.

Verstohlen schaute sie zu ihrer Freundin, die gelangweilt aus dem Fenster sah. Ihre blonden Haare waren kunstvoll hochgesteckt, die Augen mit einem schwarzen Kajalstift schwach umrandet und die Wimpern unauffällig getuscht.

Agathe nestelte an ihren Ärmeln herum, und sie hatte das Gefühl, dass ihr Haargummi nicht richtig saß. Hastig zog sie ihn fest. Sie schaute an sich hinunter. Selbst durch die Jeans sah man ihre dünnen Beine, an deren Enden riesige Füße hingen. Ihre Finger sahen nicht besser aus - wie Spinnenbeine eben.

„Lass sie doch reden. Du musst selbstbewusster werden, dann stört dich so ein Gequatsche nicht. Du bist doch *wer*", sage Alina.

„Ja, du hast recht, aber es ärgert mich trotzdem."

Und im Stillen dachte Agathe: Wer bin ich denn? Ich habe vor jeder Kleinigkeit Angst, und wenn mich jemand anschaut, werde ich rot. Das Einzige, was ich gut kann, ist ins Reich der Träume zu verschwinden. Dort kann ich so sein, wie ich wirklich bin.

Während Alina weiter redete, schaute Agathe aus dem Fenster, aber die Stimme ihrer Freundin erreichte sie nicht mehr. Stattdessen verwandelten sich die vorüberziehenden Bäume in stattliche Ritter und die Wolken in schneeweiße Schlösser.

Die letzte Kurve riss Agathe aus ihrem Traum und kurz darauf hielt der Bus vor einem alten ehrwürdigen Gebäude, der Leonardo-da-Vinci-Schule von Allerberg.

Die Schule wurde vor mehr als hundert Jahren erbaut. Die Fassade war an einigen Stellen bröckelig und das Dach hätte neu gedeckt werden müssen. Der steinerne Balkon, der vom Lehrerzimmer aus zu erreichen war, sah nicht vertrauenswürdig aus, und schon lange durfte ihn niemand mehr betreten.

Das Vorklingeln ertönte. Die zweiflüglige Eichentür wurde vom Hausmeister geöffnet und gab den Weg ins Innere des Gebäudes frei. In der Mitte des großen Vorraumes befand sich die Treppe zu den oberen Etagen. Diese Treppe hatte in der Mitte ein Podest und von dort aus teilte sie sich, einmal nach rechts und einmal nach links. Das linke Geländer war ein wahrer Blickfang. Von oben, bei der aufragenden Säule am Ende des Geländers, zog sich eine Schlange, deren Schwanz sich um die Säule wand, nach unten, und der züngelnde Kopf bildete das krönende Ende des Geländers.

Sollte man den alten Geschichten, die sich rund um das Haus rankten, glauben, so erwachte diese Schlange in der Nacht zum Leben und schlängelte sich durch die Gänge der Schule. Aberglaube sagten die einen, Mumpitz die anderen und trotzdem nahmen die meisten Schüler die rechte Seite der Treppe.

***

Agathe hatte es nicht eilig. Es war der letzte Schultag und in der dritten Stunde sollten die Zeugnisse ausgeteilt werden. Sie konnte sich vorstellen, was zu Hause für dicke Luft sein würde, wenn sie ihr Zeugnis auf den Küchentisch legte und ihre Mutter es sich ansah. Die erste Ferienwoche würde gelaufen sein, denn ihre Mutter war ihr gegenüber mit Stubenarrest immer sehr *großzügig*.

Ihr Bruder Björn, knapp drei Jahre älter als sie, war nach der Meinung ihrer Mutter mit seinen 15 Jahren schon erwachsen. Sie übersah seine Zigaretten in der Jacke. Jedes Mal drückte sie beide Augen zu, wenn er zu spät nach Hause kam und nach Alkohol roch. Nach Agathes Empfinden war das viel schlimmer als mittelmäßige Leistungen.

Ihre Mutter sagte zu ihr, wenn es wieder nicht so gelaufen war, wie sie es sich vorgestellt hatte: „Ich wollte nie ein zweites Kind. Dein Vater war anderer Meinung. Wo ein Kind groß wird, ist Platz für ein weiteres. So ein Schwachsinn. Uns wäre manches erspart geblieben."

Wenn sie mich lieben würde, würde sie so etwas nicht sagen und würde wissen, wie elend ich mich dabei fühle, dachte Agathe. Von ihrem Vater hatte sie noch nie Worte gehört, die ihr wehtaten. Bei Ärger zwinkerte er ihr hinter dem Rücken ihrer Mutter verschwörerisch zu.

Na ja. Hoffentlich darf ich in den Ferien zu meinen Großeltern gehen, dachte Agathe. Wenn nicht, wäre das wirklich eine Strafe.

8

„Agathe! Du bist schon wieder mit deinen Gedanken wo anders. Sei bitte aufmerksam! Ich möchte nicht, dass du etwas überhörst. Ich diktiere gerade die Lehrmittel und Arbeitshefte, die ihr für das neue Schuljahr benötigt. Das Fehlende schreib dir von Belinda ab", mahnte Frau Gerlach, ihre Klassenlehrerin.

„Es ist kein Wunder, dass du so schlechte Noten hast und ständig was vergisst", sagte Belinda in der Pause. „Was ist denn los mit dir?"

„Nichts." Verärgert holte Agathe ihr Frühstück aus dem Rucksack. Wieder Käseschnitte, dachte sie und aß ohne Appetit. Den Rest schmiss sie in den Müllbehälter.

Das schrille Klingeln der Schuluhr sagte ihr, dass die letzte Stunde vor den großen Ferien angebrochen war. Für sie würden es sechs unendlich lange Wochen werden.

Wann war sie eigentlich das letzte Mal mit ihren Eltern in den Urlaub gefahren? Es musste schon eine Ewigkeit her sein. Dunkel konnte sie sich erinnern, dass die Reise an die Ostsee gegangen war. Manchmal träumte sie vom Meer mit dieser unendlichen Weite, dieser gigantischen Kraft und Schönheit. Vor allem das Farbspiel vom satten Blau bis hin zum Smaragdgrün. Jeden Tag sah das Meer anders aus, jeden Tag gab es etwas Neues zu entdecken. Eine Faszination, die sie seit dem Ostseeurlaub nicht mehr losgelassen hatte.

Frau Gerlach trat vor die Klasse. Vor ihr auf dem Lehrertisch lagen die Zeugnismappen, aufgeteilt in zwei ungleich große Stapel.

Mit den Worten: „Das Schuljahr ist zu Ende. Gleich bekommt ihr eure Zeugnisse, eure Leistungen von einem ganzen Jahr", begann sie die Zeugnisausgabe.

Agathe schaute aus dem Fenster. Auf der Straße liefen die Menschen hektisch hin und her. Keiner von ihnen bemerkte den kleinen Vogel, der sich mit einem Stück Brötchen abmühte. Hüpfend wich er den vielen Füßen aus. Endlich bekam er das Stück zu packen und flog davon.

Agathe hörte nicht zu, was Frau Gerlach zu den einzelnen Leistungen zu sagen hatte. Es interessierte sie nicht.

„So, das letzte Zeugnis ist von Agathe Kraft. Es ist mittelmäßig mit einer Tendenz, die keine Verbesserung erhoffen lässt. Du musst dich besser konzentrieren und fleißiger werden, dann wirst du auch Noten auf deinem Zeugnis sehen, die dir besser gefallen als die jetzigen. Ich wünsche euch schöne erholsame Ferien. Im September sehen wir uns wieder."

***

Zügig packten die Schüler ihr Schulzeug zusammen. Alina wartete auf Agathe, die noch nicht ganz fertig war.

„Nun beeil dich. Der Bus wird gleich da sein."

„Ja, nur noch die Federtasche."

Hastig rannten die beiden Mädchen durch die Gänge des Schulgebäudes und durch die massive Eichentür nach draußen. Als vom Bus noch nichts zu sehen war, verlangsamten sie ihr Tempo.

„Was wirst du in den Ferien machen?", fragte Alina.

„Nichts Besonderes. Wahrscheinlich werde ich, wie jedes Jahr, viel bei Oma und Opa sein", antwortete Agathe.

Ihre Großeltern wohnten auch im Lilienweg, in der Nähe des Dorfplatzes.

Oma Liesbeth kochte oft ihr Lieblingsessen, Spaghetti mit Tomatensoße, und sie liebte es, von früher zu erzählen. Vieles kannte Agathe schon und hatte es mehr als nur einmal gehört, aber manchmal fiel Oma doch noch etwas Neues ein.

Opa Aaron konnte wunderschöne Geschichten erzählen. In seiner Werkstatt verbrachte sie mit ihm nahezu die gesamte Freizeit. Er schnitzte herrliche Sachen. Die meisten davon verschenkte er. Am besten gefielen Agathe die Märchenfiguren und Sagengestalten. Wenn Opa ein Stück Holz in der Hand hielt, wusste er sofort, was er daraus schnitzen wollte. Dabei dachte er sich die tollsten Geschichten aus. Einige von ihnen wusste sie heute noch. Zum Beispiel die von der weißen Fee, die im Winter erscheint und nur von den Kindern gesehen werden kann. Eine andere war die von einem Jungen namens Phil, der auf der Suche nach einer besseren Welt war. Einer Welt, die es eigentlich gar nicht gab. Phil hatte eine außergewöhnliche Freundschaft zu einem alten Mann. Diesen alten Mann verglich Agathe immer mit ihrem Opa: weise, liebevoll und reich an Ideen. Opa Aaron war ein guter Zuhörer und er merkte sofort, wenn bei Agathe etwas nicht in Ordnung war. Dann schaute er über seine Halbmondbrille und sagte: „Komm, setz dich und erzähl, wo der Schuh drückt. Vielleicht können wir gemeinsam dem Problem zu Leibe rücken." Wenn sie nach der Unterhaltung nach Hause ging, war ihr Kopf frei und ihr leichter ums Herz.

„Hast du schon für Griechenland gepackt?", fragte sie Alina.

„Klar, ein paar Sachen. Dieses Mal habe ich einen Koffer für mich allein. Auf alle Fälle werde ich dir eine Karte schreiben. Die kannst du dann zu deiner Sammlung tun."

„Das wäre toll. Manchmal schickt mir Onkel Darius eine. Seine letzte kam im Frühjahr zu meinem Geburtstag." Sie spürte tief im Inneren eine Traurigkeit, die sich nicht wie eine lästige Fliege verscheuchen ließ.

Alina gab Agathe einen leichten Stoß in die Seite.

„Schau mal! Da kommt der Bus."

Die letzten Meter zur Haltestelle gingen sie schneller. Nach dem üblichen Gedränge hatten Agathe und Alina einen der vorderen Plätze ergattert.

Die Häuser und Menschen huschten nur so vorbei. Nach den Häusern kam der Wald. Wie schön er anzusehen war. Trotz seiner Dichte fanden die Sonnenstrahlen den Weg zum Boden.

Agathe hatte ein merkwürdiges Gefühl. Ihr ganzer Körper kribbelte und im Inneren fühlte sie eine große Unruhe - wie eine Vorahnung.

***

Auf dem Weg nach Hause sah Agathe schon von Weitem das Auto ihrer Mutter in der Einfahrt stehen. So ein Mist! Die Moralpredigt würde gleich fällig sein.

Agathe schloss die Tür auf und ihr Kater Kasimir strich ihr verschmust um die Beine. Sie hörte ihre Mutter in der Küche hantieren.

Also dann, bringe ich es hinter mich, dachte Agathe. Schweigend legte sie das Zeugnis auf den Tisch. Während die Mutter die Einkäufe wegräumte, schaute sie flüchtig darauf. „Ich habe nichts anderes erwartet. Du wirst nie begreifen, dass deine Noten für deine, nicht für meine Zukunft sind. Egal! ... Morgen gehen wir alle - und ich meine auch alle! - in die Pilze. Da gibt es keine Widerrede. Ich habe die Postfrau getroffen und die hat mir erzählt, dass Schulzes zwei Wassereimer voll gefunden haben. Wir haben noch nicht einmal ein Glas eingeweckt."

In die Pilze zu gehen war Agathe zehnmal lieber, als Stubenarrest zu haben.

***

Punkt Halbsieben hieß es frühstücken. Da war ihre Mutter unnachgiebig. Sie wurde schon richtig böse, weil Björn noch nicht am Tisch saß.

Ungewaschen und mit verschleiertem Blick erschien er. Die Eltern tolerierten das. Hauptsache pünktlich am Tisch sitzen, war ihr Motto. Mühsam quälte er sich eine Toastschnitte und eine Tasse Kaffee hinein. Agathe dagegen aß mit großem Appetit ihr Bienenhonigbrötchen und Vater las noch schnell einen Artikel in der Zeitung, bevor er sie zu schlug und auf den Tisch legte.

„Agathe, hol die Körbe aus dem Schuppen und vergiss die Messer nicht. Nun beeilt euch, damit wir endlich losfahren können."

Agathe holte die Pilzkörbe aus dem Schuppen und warf in jeden Korb ein Messer.

Gleich hinter Alinas Haus begann der Wald. Geschlossen fuhr Familie Kraft mit ihren Fahrrädern auf dem Waldweg zu ihrer Pilzstelle. Ihr Treffpunkt war ein umgeknickter Eichenbaum. Vor einem Jahr hatte hier der Blitz eingeschlagen. Seitdem lag er unverändert auf dem Waldboden. Die Größe der Eiche war beeindruckend und sie sah immer noch majestätisch aus. Dort hielten die vier an und schlossen ihre Räder ab.

Die Luft war klar und frisch. Der Morgentau glitzerte in der Sonne und zwischen zwei Bäumen sah Agathe das kunstvoll gewebte Netz einer Spinne, behangen mit hunderten kleinen Tautropfen, aufgereiht zu einer Perlenkette. Das schien die Spinne nicht zu interessieren. Sie wartete geduldig auf ihre Beute.

Agathe hatte keine Zeit, sie weiter zu beobachten. Ihre Mutter gab die ersten Anweisungen.

„Wir halten uns vom Weg aus rechts und gehen in Richtung Schlucht. Dort wird der Boden feucht sein, ideal für Pilze, aber geht nicht zu weit und bleibt mir schön zusammen. Nicht, dass jemand verloren geht. Auch Einheimische haben sich hier schon verlaufen." Ihre Mutter drehte sich zum Vater um. „Weißt du noch, der alte Helmar, der aus Allerberg?", fragte sie ihren Mann.

„Den haben sie zwei Tage gesucht und gefunden haben sie ihn total verwirrt in der Schlucht. Er hat andauernd komische Geschichten erzählt von Menschen mit feuerrotem Haar und Edelsteinen. Nach seinen Erzählungen war er mindestens einen Monat weg, dabei waren es nur zwei Tage. Los dann! Und Agathe: Es wird nicht geträumt, sondern Augen auf!", ermahnte sie ihre Mutter.

Sie gingen, wie Mutter es gesagt hatte, rechts vom Weg aus in den Wald hinein. Jeder suchte sich seinen Weg zwischen den Bäumen, immer in Sichtweite von einem Familienmitglied. Agathe konzentrierte sich auf ihren Vater. Er genoss sichtlich die Ruhe und die Luft.

Die Bäume standen nicht allzu dicht und man konnte gut laufen. Vogelgezwitscher machte die Idylle komplett. Agathe hatte die ersten Maronen und Pfifferlinge gefunden. Wenn das so weiter ging, würde der Korb bald voller Pilze sein. Je schneller er sich füllte, umso eher hatte sie Freizeit. Für heute hatte sie sich mit Alina verabredet. Sie wollten sich gemeinsam eine neue CD anhören und die letzten zwei Tage vor Alinas Urlaub zusammen verbringen.

Wie schön es hier war. Das Moos war saftig grün und dick. Wie Frau Gerlach sagte, das Moos ist der Wasserspeicher des Waldes. Agathe bückte sich und nahm einen Mooshügel in die Hand. Er fühlte sich ganz feucht an. Vorsichtig setzte sie ihn wieder zurück und drückt ihn sanft ans Erdreich.

Ein Stück weiter stand hohes Farnkraut. Dort würde sie wohl wenig Glück mit Pilzen haben. Nach dem Farnkraut begann die Schlucht mit einem kleinen Fluss. Auf der einen Seite der Schlucht befand sich der Wald, und auf der anderen Seite begannen die Felsen vom Sierengebirge.

Die Heimatforscher hatten bis jetzt nicht herausgefunden, warum das kleine Gebirge Sierengebirge hieß. Ein ungewöhnlicher Name, fand Agathe. Außerdem passte das Gebirge nicht so recht in die Landschaft. Ringsherum waren, soweit die Augen sehen konnten, nur Flachland, Wiesen und Felder.

***

Die ersten Sonnenstrahlen fanden ihren Weg durch die Baumkronen und der Tau stieg als Wasserdampf auf. In ihm hatten einige Bäume bizarre Formen und sahen wie sagenhafte Gestalten aus. Mit einem Mal wurde Agathe bewusst, dass hier etwas nicht stimmte. Stille umgab sie. Sie hörte keinen einzigen Vogel zwitschern. Was geschah hier? Der Wald war sonst voller Geräusche.

Agathe konnte sich gar nicht mehr auf die Pilze konzentrieren. Aufmerksam schaute sie sich um. Warum fehlten die Geräusche? Sie ging weiter in Richtung Farnkraut. Agathe kämpfte sich durch den hohen Farn. Von hier aus konnte sie den Fluss und den kleinen Wasserfall hören. Das Rauschen blieb das einzige Geräusch. Ein paar Schritte weiter stand sie vor dem Fluss. An der gegenüberliegenden Felswand floss das Wasser gleichmäßig nach unten.

Agathe drehte sich um und wollte gerade wieder zurück zu den anderen gehen, da sah sie etwas zwischen dem Farnkraut und den Bäumen leuchten.

Merkwürdig, dachte sie, war dort am Baum etwas hängen geblieben? Je näher sie kam, umso größer wurde es und darüber leuchtete etwas Helles. Sie war jetzt so nah, dass sie es erkennen konnte. Es waren Haare, ungewöhnlich blondes Haar. Die Haare bewegten sich und plötzlich sah sie in das Gesicht eines Jungen. Seine tiefblauen Augen hypnotisierten Agathe förmlich.

Im gleichen Augenblick erinnerte sie sich an den alten Helmar und seine Geschichten von den Menschen mit feuerrotem Haar. Alles Quatsch! Der Junge hatte blonde Haare und keine roten.

Agathe musterte ihn von oben bis unten. Der Aufzug des Jungen war eigenartig, das musste sie zugeben. Er trug ein viel zu großes Leinenhemd, in dem er seine breiten Schultern nicht verstecken konnte. Die Ärmel waren unordentlich aufgekrempelt und die ersten Knöpfe standen offen. Sie konnte seine Brust sehen. Um den Hals hing ein Beutel an einem schwarzen Lederband. Die Hose erinnerte Agathe an eine Pluderhose. Neben seinen Füßen standen Sandalen mit dünnen Lederriemen.

In diesem Aufzug ging man doch nicht in die Pilze oder im Wald spazieren. Einen Korb oder ein anderes Behältnis sah Agathe auch nicht.

Wie alt mochte er wohl sein? Über seinen Lippen schimmerte ein blonder Flaum. Er könnte in Björns Alter sein, rätselte sie im Stillen.

„Kann ich dir helfen?", fragte sie.

Die saphirblauen Augen starrten sie immer noch an und der Junge öffnete den Mund, aber es kam kein Ton heraus.

„Mein Bruder hat bestimmt sein Handy mit, da können wir jemanden für dich anrufen."

Der Junge presste ein mühsames „Nein!" heraus.

„Kann ich dir wirklich nicht helfen?", fragte Agathe noch einmal eindringlich entgegen ihrer eigenen Schüchternheit.

„Wenn du Salbe von der Pflandele dabei hast, dann vielleicht." Sein Gesicht verzog sich schmerzhaft.

„Wozu brauchst du die?", fragte Agathe, ohne zu wissen, um was für eine Salbe es sich handelt.

„Ich hab mir den Fuß verstaucht. So kann ich nicht weiter gehen. Jedenfalls nicht sehr lange."

Mit einer kreisenden Handbewegung massierte er seinen Knöchel. Dieser begann sich zu verfärben und Agathe schien es, dass er etwas angeschwollen war. Bei den Schuhen und dem unebenen Waldboden wunderte es Agathe nicht, dass er umgeknickt war.

„Salben sind nicht deine Stärke, oder?", fragte er mit einem leichten Unterton.

„Die Fadelesalbe kenn ich nicht, aber wenn du willst, dann bringe ich dich zum Arzt."

Der Junge verdrehte die Augen und stöhnte laut auf. Er hörte auf zu massieren. „Das heißt nicht Fadelesalbe, sondern *Pflandelesalbe*. Pflanze des Lebens, um genau zu sein."

„Auch die kenne ich nicht. ... Du willst nicht, dass ich dir helfe, oder?" Wie konnte sie nur glauben, dass ein Junge, der auch noch so verdammt gut aussah, in seiner Not ihre Hilfe annehmen würde?

„Es ist wirklich besser, wenn du gehst", quetschte er zwischen seinen Zähnen hervor.

Verlegen fingerte sie an dem Pilzkorb, nur um ihn nicht anschauen zu müssen.

„Verstehe!", sagte sie kurz.

In der Ferne hörte Agathe, wie ihr Namen gerufen wurde.

„Das ist meine Familie. Sie suchen mich. Ich muss ihnen antworten, sonst gibt es Ärger."

Der Junge griff nach seinen Schuhen, drehte sich abrupt um und humpelte in Richtung Schlucht.

„Warte, da geht's zur Schlucht", rief Agathe.

„Ich weiß! Vergiss das alles hier einfach!"

„Wieso? Wer bist du?"

Der Junge blieb stehen und drehte sich um. Ihre Blicke verschmolzen für einen winzigen Moment. Über seine Lippen huschte ein Lächeln.

„Ich bin Ral. Mehr musst du nicht wissen. Geh zu deiner Familie und verschweige einfach, dass du mich gesehen hast, ja?", sagte er sanfter.

Mit einem Auge zwinkerte er. Agathe merkte, wie ihre Wangen heiß wurden.

„Sehen wir uns wieder?", fragte sie hastig und im selben Moment sah sie, wie er sich eine kleine Fliege aus dem Auge wischte. Er hatte ihr gar nicht zugezwinkert. Es war bloß eine blöde Fliege. Diese Erkenntnis brachte sie in Verlegenheit.

„Vielleicht!"

***

Die Rufe nach ihr wurden lauter. Ohne sich noch einmal umzudrehen, lief sie ihrer Familie entgegen.

Als Erstes traf sie auf ihren Vater. Erleichterung zeichnete sich auf seinem Gesicht ab.

„Wo bist du denn abgeblieben? Du warst auf einmal nicht mehr in Sichtweite und auf mein Rufen hast du nicht geantwortet."

Sollte sie die Wahrheit sagen? Ihrem Vater konnte sie bisher vertrauen. Aber Ral hatte sie darum gebeten, nichts zu sagen.

„Ich dachte, dort hinten würde ich besonders viele Pilze finden. Dann wäre mein Korb schneller voll gewesen."

Mit einer Hand zeigte sie wahllos in eine Richtung. Ihr Vater zog die Augenbrauen hoch und schüttelte andeutungsweise den Kopf. So eine fadenscheinige Antwort, die nimmt mir im Leben niemand ab, sinnierte sie.

„Ich dachte, ich hätte etwas Interessantes gesehen. Das war eine Täuschung und dann bin ich ein bisschen hin und her gelaufen. Eure Rufe habe ich einfach nicht gehört." Hoffentlich war Vater jetzt zufrieden. Er schaute sie immer noch ungläubig an.

Inzwischen waren Mutter und Björn bei ihnen.

„Na, hat sich unser kleines Aschenputtel wieder eingefunden. Können wir weitermachen? Ich will dann auf den Fußballplatz, wenn niemand was dagegen hat." Dabei schniefte Björn demonstrativ.

Agathe war ihrem Bruder dankbar, obwohl sie ihn nicht ausstehen konnte. Aber er hatte die anderen unbeabsichtigt von ihr abgelenkt. Die Situation war gerettet. Unverhohlen betrachtete sie ihren Bruder. Noch nie waren ihr seine breiten Schultern aufgefallen. Genau solche hatte Ral. Auch in der Körpergröße unterschieden sie sich kaum. Selbst den Flaum über Björns Oberlippe schien sie das erste Mal zu sehen.

„Ich hoffe, dass wir auf niemanden mehr warten müssen. Suchen wir weiter!" Dabei schaute die Mutter

Agathe vorwurfsvoll an.

Die Familie verteilte sich wieder im Wald und suchte weiter nach Pilzen. Agathe ging ihnen hinterher, aber ihre Gedanken waren bei Ral, dem Jungen mit den wunderschönen blauen Augen und dem halblangen blonden Haar. Mit der auffälligen Kleidung sah er schon etwas komisch aus, aber er machte eine gute Figur darin. Ral, was war das für ein Name? Er hatte Klang. Dann fiel ihr die Geschichte vom alten Helmar wieder ein. All das schwirrte in ihrem Kopf herum.

Ein schriller Pfiff schallte durch den Wald. Er kam vom Vater und war das Zeichen, sich an der Eiche zu treffen. Kurz bevor Agathe am Treffpunkt ankam, hörte sie die Vögel zwitschern.

Die Körbe waren randvoll mit Pilzen gefüllt und ihre Mutter war sehr zufrieden. Jeder schwang sich auf sein Rad und fuhr los. Dieses Mal fuhren Björn und Agathe vorn. Beide wollten so schnell wie möglich nach Hause.

Wie komme ich um das Pilzeputzen herum? Vater wird im Schuppen zu tun haben. Björn will zum Fußballplatz und Mutter wird nie und nimmer allein putzen.

Zu Hause angekommen, stellte sie ihr Fahrrad in den Schuppen und begab sich gleich in die Küche. Heute sollten es Bratkartoffeln mit Spiegelei und Gewürzgurken geben. Agathe schälte eine große Schüssel Pellkartoffeln und eine Zwiebel. Als sie den Speck würfelte, kam die Mutter herein.

„Du überschlägst dich ja förmlich. … Pass auf, dass dir der Speck und die Zwiebel nicht verbrennen!"

„Kann ich danach zu Alina gehen? Sie fährt übermorgen in den Urlaub."

„Zuerst die Arbeit, dann das Vergnügen!", entgegnete ihre Mutter.

Agathe stellte die Pfanne auf den Herd und briet die Kartoffeln. Als sie fertig war, rief sie ihre Leute mit dem Gong zum Mittagessen. Sie liebte diesen unverwechselbaren Klang.

Nach und nach erschienen alle in der Küche und setzten sich an den gedeckten Tisch. Agathe wünschte sich, dass die Mahlzeit genauso feierlich ablief, wie bei Oma und Opa. Bei ihnen wurde der Tisch nicht in der Küche, sondern in der Stube gedeckt. In der Mitte des Tisches stand eine kleine Vase mit frischen Blumen und daneben eine Kerze, die zum Essen angezündet wurde. Wenn alle saßen, wurde ein Tischgebet gesprochen und man wünschte sich einen guten Appetit. So wurde jedes Essen zu etwas Besonderem und es schmeckte doppelt so gut.

„Die Bratkartoffeln sind heute ausgezeichnet, gut gewürzt und schön knusprig. Genauso müssen sie sein. Findet ihr nicht auch?", fragte der Vater in die Runde.

Die Mutter rollte mit den Augen und Björn quälte sich ein „Ja, ja" heraus. Was so viel bedeutete wie: LmaA!

Wenigstens wird nicht soviel Zeit vertrödelt, dachte Agathe und aß schneller als gewöhnlich. Mit dem Essen waren sie schnell fertig.

Björn verließ fluchtartig die Küche und ihr Vater meinte beim Rausgehen: „Wenn ihr mich braucht, ich bin im Schuppen."

Agathe räumte das Geschirr weg und wischte den Tisch ab. Mit ein paar alten Zeitungen deckte sie die

Tischplatte ab. Ihre Mutter kam mit dem ersten Schwung Pilzen herein. Kater Kasimir schwänzelte um ihre Beine, sodass sie zu stolpern drohte.

„So ein blödes Katzenvieh! Schaff ihn raus!", fauchte ihre Mutter.

Sie mochte keine Tiere und schon gar nicht im Haus.

Agathe nahm den Katzennapf und ging zur Tür. Kasimir wusste, was es bedeutete, und lief hinterher. Sie stellte das Fressen vor die Tür, aber nicht, ohne ihn zu streicheln. Er dankte es ihr mit einem lauten Schnurren und einem leichten Stoß mit seinem Kopf an ihr Bein. Sie mochte seine zarten Gesten.

Die Pilze waren trocken. So ließen sie sich besonders gut säubern. Agathe vermied es, auf die Küchenuhr zu schauen. Je öfter sie auf die Zeiger sah, umso mehr hatte sie den Eindruck, die Zeit blieb stehen. Nun riskierte sie doch einen Blick. Anderthalb Stunden waren vergangen und es lagen nur noch wenige Pilze auf dem Tisch. Es war fast geschafft.

„Ich brauche Einweckgläser. Zehn Stück reichen vorerst. Dann kannst du zu Alina gehen", sagte Mutter und klirrte mit den Gläsern.

Agathe stellte das Gewünschte auf den Küchentisch. Als sie gerade zur Tür hinaus wollte, rief die Mutter sie zurück.

Was war denn nun noch, dachte sie.

„Grüß Frau Marcus von mir und zum Abendbrot bist du wieder da!"

„Ja."

Nichts wie weg, bevor ihr noch etwas anderes einfällt,

sagte sich Agathe.

***

Ungeduldig klingelte sie bei Alina an der Haustür. Ihre Freundin öffnete und ließ sie herein.

„Da bist du endlich. Ich dachte, du kommst nicht mehr. Musstest zu Hause wieder helfen, was?", bemerkte Alina und schob Agathe in Richtung Treppe.

„Ja, das Übliche. Na ja, nicht ganz. Egal. Ich muss dir was erzählen, etwas ganz Unglaubliches."

„Geht Belinda nun doch mit Thomas? Hast du sie gesehen? Wusste ich`s doch", meinte Alina.

„Ich weiß nichts von Belinda und dem Zach. Kann ich mir auch nicht vorstellen. Was soll die taffe Belinda mit dem schlaksigen Zach?" Agathe schniefte und sprach weiter, um auf das eigentliche Thema zu kommen. „Im Wald ist mir was Komisches passiert."

Sie machten es sich in der Sitzecke, bestehend aus vier Sitzkissen und einem abgesägten Tisch, gemütlich. Dazu spielte die neue CD.

Agathe begann zu erzählen. Manchmal stand sie auf und lief hin und her, dann setzte sie sich wieder. Sie redete wie ein Wasserfall. Alina konnte sie nicht einmal unterbrechen.

„… und dann hörte ich die Vögel wieder zwitschern", endete Agathe. Sie hatte nicht eine Kleinigkeit ausgelassen.

Alina schaute sie mit großen Augen an.

„Mann, das ist eine irre Geschichte. Du kannst vielleicht gut erzählen. Man könnte meinen, du hast das wirklich erlebt."

„Alina!", sagte Agathe betont. „Ich habe mir das nicht ausgedacht. Ral stand vor mir. Er existiert, genauso wie du und ich. Kennst du die Geschichte von dem alten Helmar, der in der Schlucht verschwunden und dann nach zwei Tagen verwirrt wieder aufgetaucht war? Er erzählte von Menschen mit feuerrotem Haar und andere komische Sachen. Na gut, Ral hat blonde Haare. Na und? Was ist, wenn der Alte recht hat und Ral solch ein Mensch ist?"

„Mann, Agathe, wo sollen denn die Menschen in der Schlucht leben? Denkst du nicht, dass noch jemand sie gesehen hätte? So riesig ist die Schlucht nun auch wieder nicht, dass da jemand unbemerkt leben könnte. Und wenn jemand auch komische Kleidung trägt, heißt es noch lange nicht, dass mit ihm etwas nicht stimmt. Vielleicht ist es auch der letzte Modeschrei oder er gehört zu irgendwelchen Aussteigern oder Ökofreaks."

Enttäuscht ließ sich Agathe auf eines der vier Sitzkissen fallen und versuchte ihren Ärger zu verbergen. Die Wut, die sie gerade empfand, drückte ihr Tränen in die Augen und nicht nur das. Es bildete sich ein Knäuel im Magen.

„Also gut, ich glaube dir, dass du einen gut aussehenden, fremden Jungen gesehen hast. Blonde Haare, tiefblaue Augen und mit einem Ausschnitt, dass man seine Wahnsinnsbrust sehen konnte." Alina zwinkerte ihrer Freundin zu. „Es sind Ferien. Vielleicht ist er hier in der Nähe zu Besuch und wollte dir gegenüber nicht zugeben, dass er sich verlaufen hat."

„Ach was, der sah nicht so aus, als ob er nicht wüsste, was er tat", trumpfte Agathe auf.

„Du hattest Tomaten auf den Augen. Du warst von ihm so geblendet, dass du nicht einmal mehr einen Pfifferling von einer Marone hättest unterscheiden können."

„Stimmt doch gar nicht!" Agathe presste ihre Lippen aufeinander.

„Mir hätte der Junge wahrscheinlich auch gefallen. Schon aus dem Grund, weil er nicht so spießig daher kommt, wie die anderen Jungs, die wir kennen. Aber weißt du was? Geh zum alten Helmar. Statte ihn einen Besuch ab und frage ihn, ob es diese Menschen aus der Legende wirklich gibt! Wo sie wohnen? Er lebt doch noch, oder?"

„Das ist die Idee. Vielleicht bekomme ich heraus, wie ich Ral finden kann. Aber er sagte sinngemäß, dass wir uns vielleicht wieder sehen. Es war jedenfalls kein *nein*."

Agathe war ganz aufgewühlt und besessen von der Idee, den Helmar zu besuchen. Montag würde sie ins Altenheim fahren.

Für Agathe war es Zeit nach Hause zu gehen. Dazu hatte sie überhaupt keine Lust. Bei Alina und ihrer Familie fühlte sie sich sehr wohl.

„Agathe, möchtest du mit uns zu Abend essen? Ich mache Pizza", rief Frau Marcus hoch in Alinas Zimmer.

„Das würde ich gern, aber Mutter will, dass ich zum Abendbrot zu Hause bin", erwiderte Agathe.

„Ich werde mit deiner Mutter reden. Sie wird schon zustimmen. Bisher hat es immer geklappt. Übermorgen sind wir nicht mehr da, da müsst ihr die kurze Zeit nutzen", sagte Alinas Mutter mit einem Unterton in der Stimme.

Nach dem Pizzaessen war es nun wirklich Zeit für Agathe, nach Hause zu gehen.

„Sehen wir uns morgen noch einmal? Montag fahren wir um fünf Uhr los", fragte ihre Freundin.

„Ich weiß noch nicht. Vielleicht ganz kurz, denn morgen sind wir bei Oma Liesbeth und Opa Aaron eingeladen. Wir bleiben bestimmt zum Abendbrot. Die beiden freuen sich, wenn wir kommen", entgegnete Agathe und stand auf.

Als Alina Agathe zur Tür brachte, meinte sie: „Dieser Ral geht dir nicht aus dem Kopf. Stimmt's?"

„Hm, er war so anders. Nicht so albern wie unsere Jungs aus der Klasse. ... Ach, ich weiß auch nicht."

Alina umarmte sie. „Du hast dich in ihn verguckt."

„Quatsch! Ich kenn ihn doch gar nicht und wer weiß, ob ich ihn jemals wiedersehen werde."

Aber an den zweiten Teil ihrer Aussage glaubte sie selbst nicht, wollte sie nicht glauben.

Agathe ging gleich in ihr Zimmer, gefolgt von ihrem Kater, und schaltete das Radio ein. Der Musik lauschend hing sie ihren Gedanken nach. Es waren wunderbare Gedanken. Kasimir legte sich auf ihr Bett und schaute sie an. Er spürte, dass Agathe irgendetwas bewegte. Sie setzte sich zu ihm und streichelte ihn ausgiebig. Dabei schnurrte er laut. Er war warm und weich. Seine ruhige Art tat ihr gut. Ohne sich auszuziehen, legte sie sich zu ihm aufs Bett, und ehe sie sich versah, hatte sie das Reich der Träume fest in der Hand.

Früh am Morgen kitzelte die Sonne sie wach. Sie hatte gut, und scheinbar ohne zu träumen, geschlafen. Kasimir reckte und streckte sich.

Im ganzen Haus herrschte Stille. Sonntags um sieben Uhr schliefen alle gewöhnlich noch.

„Warum kann heute nicht schon Montag sein? Ob der Helmar mit mir reden wird?", fragte sie sich.

***

Gegen zwei Uhr marschierte Familie Kraft zu Oma und Opa. Ihre Mutter tippelte mit ihren Absatzschuhe schweigend neben dem Vater her. Agathe bemühte sich, mit ihrem Vater Schritt zu halten. Ein Seitenblick verriet ihr, dass er genauso vergnügt war wie sie. Er besuchte seine Eltern sehr gern. Agathe schaute kurz nach hinten zu Björn. Ihm stand buchstäblich die Begeisterung ins Gesicht geschrieben. Für ihren Bruder war es eine Pflichtveranstaltung, nicht mehr und nicht weniger. Dennoch kam er mit.

Oma Liesbeth hatte wie immer den Tisch in der Stube gedeckt. Auf dem Tisch stand ein Strauß gelber Rosen und daneben eine Kerze in derselben Farbe. Ihr Opa zündete sie gerade an, als Agathe in die Stube kam. Es duftete nach Kaffee und ihre Oma stellte den frisch gebackenen Streuselkuchen auf dem Tisch. Nach dem Gebet langte jeder kräftig zu. Es wurde ein belangloses Gespräch geführt, hauptsächlich von Oma Liesbeth und ihrem Vater. Opa Aaron schaute aufmerksam in die Runde. Sein Blick ruhte auf Agathe. Sie hoffte, er könne in ihren Augen das Verlangen lesen, mit ihm allein sprechen zu wollen. Sie war sich sicher, dass ihr Opa sie verstanden hatte. Nach einer Weile sagte er: „Ich habe ein paar neue Sachen geschnitzt. Möchtest du sie dir ansehen, Agathe?"

„Na klar, gern", antwortete sie schnell. Beide standen auf und gingen in die Werkstatt hinüber.

Hier roch es so schön nach Holz. Wenn draußen die Luft vor Kälte klirrte, verbrannte Opa die Holzabfälle im Kanonenofen. Ab und an knisterte es. Manchmal gab ein lautes Knacken. Dann war die Werkstatt mit einer molligen Wärme erfüllt. Jetzt im Sommer breitete sich eine angenehme Kühle aus.

Ihr Opa setzte sich an seinen gewohnten Platz an die Werkbank und nahm eine Figur zur Hand. Agathe musste dicht an die Werkbank herantreten, um zu erkennen, was ihr Opa da geschnitzt hatte. Agathe traute ihren Augen nicht. Er hatte einen Zyklopen gefertigt.

„Wie bist du auf diese Gestalt gekommen?", wollte sie wissen.

Der Zyklop war kunstvoll geschnitzt, kein Zweifel. Trotzdem sah er Furcht einflößend und hässlich aus. Das Auge auf der Stirn war irgendwie zu groß, stechend. Die Hände glichen riesigen Pranken. Der ganze Körper war muskulös und das Haar lang und struppig.

„Weißt du, Agathe, ich habe immer Dinge geschnitzt, die andere als schön bezeichneten. Ich wollte einmal etwas anderes schnitzen. Mit diesem Zyklopen zeige ich mein ganzes Können und es ist keine schöne oder niedliche Figur. Er ist ein einäugiger Riese der griechischen Sage und er ist der Gehilfe des Hephästus.

Hephästus ist der griechische Gott des Feuers und der Schmiedekunst und er war mit Aphrodite vermählt. Wusstest du das? Scheinbar interessiert es dich heute gar nicht, was ich erzähle."

Opa Aaron schaute Agathe über seine Halbmondbrille an und wartete darauf, dass sie etwas sagte.

„Na ja, ich muss dir etwas erzählen. Das Ganze hört sich unglaublich an, aber es ist wahr." Agathe machte eine bedeutungsvolle Pause. „Wir waren gestern in den Pilzen. Auf einmal bemerkte ich, dass es im Wald keine Geräusche mehr gab. ..."

Sie erzählte alles wahrheitsgemäß. Allerdings ließ sie aus, wie gut ihr Ral gefallen hatte. Opa Aaron nickte ab und zu mit dem Kopf. Als sie geendet hatte, schaute er sie lange nachdenklich an.

„Nun sag doch was! Was denkst du?", fragte sie.

„Mit wem hast du darüber gesprochen?", wollte er wissen.

„Nur mit Alina." Agathe spielte mit einem Span. „Sie brachte mich auf die Idee, den alten Helmar zu besuchen. Ich denke, er könnte mir so einiges erzählen. Morgen werde ich zu ihm fahren."

„Dir wird niemand glauben. Die Wahrheit ist meistens unglaubhafter als Lügen oder eitle Prahlerei. Er wird dir bestimmt zuhören. Aber ihm hat man auch nicht geglaubt. Er konnte es nie beweisen. Viele Leute, Einheimische und Touristen, gehen jährlich durch die Schlucht. Niemandem sind Menschen mit feuerrotem Haar begegnet, noch ist irgendetwas Merkwürdiges oder Ungewöhnliches passiert. Außerdem hatte der Junge blonde Haare. Es wäre besser, die Sache auf sich beruhen zu lassen. Der Junge sagte doch, du sollst ihn vergessen. Du solltest seinen Rat befolgen. Er wird schon wissen, warum er dich nicht wiedersehen will."

„Er hat nur gesagt *vielleicht* und das heißt nicht nein." Agathe rieb ihre Hände aneinander. „Du glaubst mir?"

„Wenn du sagst, es war so, dann glaube ich dir. Andere halten dich möglicherweise für eine Spinnerin, die sich nur interessant machen will. Willst du das?"

„Ich möchte ihn wiedersehen", entgegnete Agathe. Nervös trommelten ihre Finger auf der Werkbank. Beruhigend legte Opa Aaron seine Hand auf ihre.

„Vielleicht will er das alles gar nicht. Er hat es sicher bemerkt, dass er dir gefallen hat", gab ihr Opa zu bedenken.

„Hm, … ich werde trotzdem zum alten Helmar fahren." Das sagte Agathe sehr bestimmt. Warum wollte Opa, dass sie die Sache nicht weiterverfolgte? Diese Frage setzte sich in ihrem Kopf fest.

„Agathe, wenn du Hilfe brauchst, dann weißt du, wo du mich findest. Zwei Köpfe können besser denken als einer. Versprich mir eins, sei vorsichtig mit dem, was du erzählst", beschwor Opa sie. Er sah dabei sehr ernst aus.

***

Opa Aaron schaute ihr durch das Werkstattfenster nach und vergewisserte sich, dass Agathe wirklich das Grundstück verließ. Er ging zum alten Schreibtisch im hinteren Teil der Werkstatt, machte die Schreibtischlampe an und setzte sich. Aus der obersten Schublade holte er

Briefpapier, einen Umschlag und sein Adressbuch heraus. Er schrieb einen langen Brief und adressierte ihn sorgfältig. Es fehlte nur noch die Briefmarke. Im Adressbuch fand er die Letzte. Zufrieden klebte er sie auf den Umschlag. Morgen würde er den Brief zur Post bringen. Seine besorgte Miene hellte sich auf. Er war mit sich und seiner Idee zufrieden.

Agathe erreichte Alinas Grundstück. Sie sah gerade noch, wie Alina zur Sitzecke im Garten ging. Agathe ging zu ihrer Freundin und setzte sich zu ihr.

„Na, was sagt dein Opa zu deiner Geschichte?", fragte Alina.

„Nun, meiner Erzählung glaubt er, aber ich soll es auf sich beruhen lassen", erzählte Agathe ihrer Freundin.

„Wenn ich wieder zurück bin, musst du mir alles erzählen, was in der Zwischenzeit passiert ist. Ich finde deine Geschichte sehr spannend. … Ich bin froh, dass wir uns gut verstehen. Aber in letzter Zeit warst du so anders. Ich dachte, du möchtest mit mir nicht mehr befreundet sein", meinte Alina.

Agathe wurde nachdenklich.

„Weißt du, ich fühle mich leer, als Außenseiter eben. Dann denke ich, ich gehöre nirgends dazu. Ich bin einfach nur irgendjemand. Ich möchte einmal was Besonderes sein. Ich würde so gern jedem von Ral erzählen. Ich weiß, dass das nicht geht. Noch nicht. Ich muss das Rätsel um Ral und die Menschen mit dem feuerroten Haar lösen. Dieser Gedanke geht mir nicht mehr aus dem Kopf. Ich bin mir sicher, dass es einen Zusammenhang gibt."

***

Montagmorgen saß Agathe gewaschen und angezogen in der Küche. Ihr Bus fuhr um acht. Es war noch genügend Zeit, um zu frühstücken.

Ihre Eltern waren schon zur Arbeit und ihr Bruder schlief noch. Für gewöhnlich lag er bis Mittag im Bett, sobald die Ferien begonnen hatten. Es würde keiner bemerken, dass sie in Allerberg gewesen war. Sie musste halt nur pünktlich wieder zu Hause sein.

Der Kater leistete ihr Gesellschaft. Er ließ es sich geräuschvoll schmecken. Sie dachte an ihre Freundin, die jetzt am Flughafen war und auf ihren Flug nach Griechenland wartete. Ja, sie wäre auch gern in den Urlaub geflogen. Irgendwohin ans Meer. Wenig später nahm sie ihren Rucksack und ging zur Bushaltestelle am Marktplatz. Von Weitem sah sie einen Mann dort stehen. Je näher sie kam, umso sicherer wurde sie, dass sie ihn kannte. Es war Opa Aaron.

„Guten Morgen! Willst du auch nach Allerberg?", fragte Agathe neugierig.

„Guten Morgen, ja, ich will zur Post."

„Und warum nimmst du nicht das Auto?"

„Oma ist mit unserem Auto einkaufen gefahren", antwortete er kurz angebunden.

„Kann ich dir den Weg abnehmen?"

„Nein, ich möchte diesen Brief selbst abschicken."

Sehr wunderlich, dachte Agathe, traute sich aber nicht, weiter nachzufragen. Im Grunde genommen ging es sie auch nichts an.

Der Bus hielt und beide stiegen ein. Sie waren die

einzigen Fahrgäste. Am Postamt stieg Opa Aaron mit der Bemerkung aus: „Tschüss und berichte mir später, wie es gelaufen ist."

„Mach ich."

***

Die nächste Haltestelle war das Alten- und Pflegeheim von Allerberg. Es trug den poetischen Namen *Abendrot*. Das mehrstöckige Gebäude befand sich inmitten einer Wohnsiedlung. Es besaß einen kleinen Park mit vielen Bänken und einem Gartenteich. Agathe durchquerte die Grünanlage und ging auf den gläsernen Eingang zu. Die Pförtnerloge war leer. Der Eingangsbereich war lichtdurchflutet und man sah viele kleine, gemütliche Sitzgruppen. Inmitten der Grünpflanzen entdeckte Agathe ein riesiges Aquarium. Wunderschöne große Wasserpflanzen und farbenfrohe Zierfische machten es zu einem Blickfang.

„Na, kleines Fräulein, wo willst du denn hin?", wurde sie von hinten angesprochen. Es war die Reinigungskraft, die Agathe gar nicht bemerkt hatte.

„Ich möchte den alten Helmar besuchen", sagte sie.

„Es gibt hier drei, die Helmar heißen. Welchen meinst du denn?"

Keiner hatte den Familiennamen jemals erwähnt.

„Na ja, ich suche den Helmar, der sich vor Jahren im Sierengebirge verlaufen hat. Während der Ferien soll ich einen Vortrag darüber ausarbeiten."

„Das kann dann bloß der Helmar Heinrich sein. Von den Schwestern wird er der rote Heinrich genannt. Der alte Herr kann gut erzählen. Aber ob das alles wahr ist, mag ich bezweifeln. Er wohnt im Zimmer 315. Du kannst den Aufzug nehmen."

Und schon machte sich die Frau wieder an die Arbeit und wischte den Fußboden rund um die Sitzgelegenheiten.

Agathe fuhr in die dritte Etage und als sie den Fahrstuhl verließ, stand sie auch schon vor dem Schwesternzimmer. Dort sah sie eine junge Schwester, die gerade mit Medikamenten hantierte.

„Ich möchte Herrn Helmar Heinrich besuchen. Darf ich zu ihm?", fragte Agathe.

„Er bekommt nie Besuch", sagte die Schwester. „Bist du eine Verwandte von ihm?"

„Nein, aber ich möchte trotzdem zu ihm. Darf ich?", fragte Agathe treuherzig.

„Ich werde nachschauen, in welcher Verfassung er ist. Heute früh war er nicht sehr gesprächig." Mit diesen Worten ging die Schwester den Gang entlang und verschwand in einem Zimmer. Kurze Zeit später kam sie heraus und winkte Agathe zu sich.

Agathe war ganz aufgeregt. Sie ging der Schwester entgegen und blieb vor der Tür stehen.

„Du kannst jetzt zu ihm."

Einmal tief durchatmen und dann los, dachte Agathe. Sie klopfte an die offene Tür und wartete.

„Ja?"

Agathe ging hinein. Am Fenster saß in einem Ohrensessel ein großer, kräftiger Mann. Sein weißes Haar war sorgfältig nach hinten gekämmt und obwohl er alt aussah, war in seinem Gesicht nicht eine einzige Falte zu entdecken. Das hellblaue Hemd passte hervorragend zur dunkelblauen Hose. Sie musterte ihn eingehend und bemerkte, dass er sie genauso ansah.

„Du bist also das Mädchen, das mich sprechen möchte. Warum?" Seine Stimme war klar und kräftig. Er ließ sie keine Sekunde aus den Augen.

„Ich möchte Ihnen etwas erzählen und dann Ihr Urteil hören. Es ist sehr wichtig für mich."

Der alte Helmar sah sie verwundert, aber neugierig an. Seine Augen leuchteten auf und der Mund zuckte.

„Aber erst einmal sagst du mir, wer du bist, und dann kannst du deine Geschichte erzählen. Setz dich!"

Agathe setzte sich in den Ohrensessel, der dem von Herrn Heinrich gegenüber stand.

Sie stellte sich vor und erzählte ausführlich ihr Erlebnis im Wald. Das Einzige, was sie verschwieg, war die Tatsache, dass Alina und ihr Opa diese Geschichte auch kannten.

Als sie geendet hatte, breitete sich Schweigen im Raum aus. Sie wollte ihn nicht drängen. Er sollte alle Zeit der Welt haben, um sich das Erzählte durch den Kopf gehen zu lassen, und vielleicht ließ er dann Agathe an seiner Geschichte teilhaben.

„Nach so vielen Jahren, nach so vielen Jahren!"

Er wiederholte es immer wieder. Agathe dachte, dass er jetzt in eine geistige Umnachtung fiel. Aber dann sagte er: „Mädchen, du machst mich richtig glücklich. Leider ist in letzter Zeit mein Gedächtnis nicht mehr so gut. Aber ich glaube, ich kann dir interessante Dinge erzählen."

***

„Ich war im Wald unterwegs, so wie du. In dem Jahr gab es außergewöhnlich viele Pilze. Ich lief und lief, ohne darauf zu achten, wohin. Auf einmal bemerkte ich, dass ich in der Nähe der Schlucht war. Es war sehr schön dort und ich schaute mich um. Aber irgendetwas stimmte nicht. Eine ganze Weile versuchte ich herauszufinden, was es war, bis ich feststellte, dass die Geräusche fehlten. Du hast es auch erlebt, wie beängstigend das ist. Trotzdem war ich neugierig. Ganz vorsichtig näherte ich mich der Schlucht und ging dann bis zu dem kleinen Fluss. Auf der anderen Seite sah ich einen Mann mit außergewöhnlichem Haar."

Herr Heinrich räusperte sich. „Der Mann bemerkte mich nicht. Auf mich machte er den Eindruck, als ob er in Eile wäre. Seine Bewegungen wirkten so hastig. Gerade als ich etwas rufen wollte, verschwand er hinter ein paar Pflanzen. Er war einfach weg. Ich durchquerte den Fluss und untersuchte die Stelle, wo er verschwunden war. Genau dort befand sich ein Eingang. Er war sehr gut versteckt. Ein komisches Gefühl hatte ich schon, aber ich ging trotzdem hinein. Ich erwartete eine dunkle Höhle. Dort war es aber nicht dunkel. Es war wie in der Dämmerung. Eine Lichtquelle konnte ich aber nicht ausmachen. Ich versuchte jedes Geräusch, welches mich verraten hätte, zu vermeiden. Hinter einem großen Felsbrocken versteckte ich mich. Nur wenige Meter von mir entfernt stand der Mann. Er fluchte unentwegt. Augenscheinlich suchte er nach etwas. Schließlich fand er es. Es war ein Lederbeutel mit einer Kordel daran. Er öffnete ihn und

nahm ein Flakon heraus, ein kleines Kristallfläschchen."
Der alte Helmar rückte sich in seinem Ohrensessel
zurecht. „Er ging weiter in die Höhle hinein. Ich folgte
ihm. Das Dämmerlicht nahm einen zarten, bläulichen
Schimmer an. Was ich dann sah, verschlug mir den Atem.
Der Mann stand unter einem riesigen Bogen aus Bergkristallen. Es war einfach grandios. So große Kristalle
habe ich noch nie in meinem Leben gesehen und glaube
mir, ich habe Einiges gesehen. In der Mitte des Bogens
befand sich ein großer, senkrecht nach unten hängender
Kristall. Genau darunter stand er. Der Mann öffnete das
Flakon und nahm einen Schluck daraus. Das bläuliche
Licht ging ins Grünliche über. Die Luft unter dem Bogen
begann zu flimmern, so als ob die Sonne den Asphalt
erhitzt. Der Mann stand in der flimmernden Luft und
machte scheinbar einen Schritt nach vorn. Und plötzlich
war alles vorbei. Das Flimmern hörte auf, der Mann war
verschwunden und das Licht nahm seine bläuliche Fär-
bung wieder an." Herr Heinrich nickte bedeutungsvoll.
„Ich ging zu dem Bogen und schaute ihn mir genauer an.
Ich war von ihm fasziniert. Der schmale Weg in der
Höhle war sandig und daher verwunderte es mich, dass
mein Fuß an etwas Hartes stieß. Es war die kleine Flasche, aus der er getrunken hatte. Ich hatte nicht gesehen,
wie er sie fallen ließ. Das Fläschchen war noch halbvoll.
Die Flüssigkeit sah giftgrün aus. Ich öffnete sie und roch
daran. Der Duft erinnerte mich an einem saftigen,
grünen Apfel. Ich hatte die verrückte Idee, das, was ich
gesehen hatte, selbst auszuprobieren. Weiß der Kuckuck
warum. Also stellte ich mich genau an die Stelle, wo der

Mann gestanden hatte, und nahm einen Schluck von dieser Flüssigkeit. Sie war scheußlich bitter. Es passte überhaupt nicht zu dem wunderbaren Apfelduft. Vom Magen aus wurde mir im ganzen Körper warm. Alles flimmerte vor meinen Augen. Ich dachte, ich werde ohnmächtig. Mein Kopf war leer und nur ein Gedanke beherrschte mich: Ich muss, so wie der Mann, einen Schritt nach vorn gehen. Das versuchte ich, aber es gelang mir nicht. Ich bot meine ganze Kraft auf und trotzdem rührte ich mich nicht von der Stelle. Das Flimmern hörte auf. Ich stand immer noch auf der gleichen Stelle. Na gut, sagte ich zu mir, schaue ich mir eben den hinteren Teil der Höhle an. Ich folgte dem Gang und kam dem Ausgang immer näher. Das Tageslicht wies mit den Weg. Die Luft war irgendwie würzig. Als ich aus der Höhle trat, sah ich einen kleinen Fluss. Im ersten Moment dachte ich, ich bin im Kreis gelaufen. Nichts hatte sich verändert, außer, dass es wieder Geräusche gab. Und so begab ich mich auf den Weg nach Hause. Ich kam aber nicht am Farn vorbei, sondern an einem Feld mit Pflanzen, die sehr hoch waren und deren Blätter eine fingerartige Form hatten. Ungewöhnlich, dachte ich." Herr Heinrich schaute sich suchend um.

„Suchen Sie was?", fragte Agathe.

„Mein Mund ist so trocken. Kannst du mir aus der Anrichte ein Glas herausholen? Ich möchte einen Schluck Wasser trinken."

Agathe stand auf, öffnete die Anrichte und griff nach einem Glas. Ihre Finger verfitzten sich mit einem schwarzen Lederband. Vorsichtig zog sie daran. Zum Vorschein kam ein Lederbeutel, wie sie ihn bei Ral gesehen hatte. Ihr wurde komisch zumute. Was hat das zu bedeuten, fragte sich Agathe. Ich muss mich schnell entscheiden. Soll ich nach den Lederbeutel fragen oder soll ich ihn ignorieren? Ich werde warten. Später kann ich immer noch danach fragen, entschied sie sich.

Unbemerkt von Herrn Heinrich schob sie ihn wieder zurück.

Nachdem er ein paar Schlucke Wasser getrunken hatte, erzählte er weiter. „Den Mann entdeckte ich nirgends. Ich nahm aber an, dass er denselben Weg genommen hatte. Einen anderen Weg gab es nicht. Ich kam an eine Lichtung und bewegte mich ganz vorsichtig darauf zu. Kurz vor der Lichtung befand sich eine Anhöhe. In den großen, fingerartigen Pflanzen suchte ich Deckung. Dann sah ich sie. Dort am Fuße der Anhöhe erstreckte sich eine Siedlung. Sie lag malerisch eingebettet in einem Tal. Während ich verträumt die Siedlung betrachtete, bemerkte ich nicht, wie ich umstellt wurde. Der Schreck saß mir tief in den Gliedern, als ich sah, dass es kein Entrinnen gab." Mit seiner linken Hand wischte er sich über den Mund.

***

Er schaute aus dem Fenster und zuckte mit keiner Wimper. Es sah so aus, als ob er mit seinen Gedanken ganz weit in der Ferne war. Seinen Kopf drehte er langsam Agathe zu. Ihre Blicke trafen sich. Seine Augen hatten den freudigen Glanz verloren.

„Mädchen, ich habe damals ein Versprechen gegeben, bei meiner Ehre. So leid es mir tut. Ich kann und darf nicht weiter erzählen. Aber eins sage ich dir: Ohne das Elixier, diese grüne Flüssigkeit, kommst du nicht zu ihnen."

Nach einer Weile sagte Agathe: „Ich verstehe Sie. Ein gegebenes Versprechen muss man halten. Nur zu gern hätte ich die ganze Geschichte gehört. Ich komme Sie wieder besuchen. Dann können wir über andere Dinge reden."

Der alte Mann nickte und knetete dabei seine Hände. Agathe nickte ebenfalls, stand auf und ging zur Tür.

„Mädchen, wenn du Kontakt zu ihnen hast, dann lass es mich wissen. Ich muss noch etwas in Ordnung bringen. Es ist sehr wichtig für mich und für diese Menschen. Versprichst du es mir?", fragte er ganz leise.

„Ja, das tue ich, wenn ich Ihnen damit helfen kann. Auf Wiedersehen!"

Agathe ging den Flur entlang. Sie war immer noch von der Wende des Gesprächs geschockt. Damit hatte sie überhaupt nicht gerechnet. Dass er müde werden oder was vergessen würde, das hatte sie irgendwie eingeplant. Aber dass er ein Versprechen gegeben hatte und deswegen nicht weiter erzählte, das musste sie erst einmal verdauen. So hatte sie es sich nicht vorgestellt.

Eine Möglichkeit habe ich noch, dachte Agathe. Sie drehte sich um und ging zum Zimmer zurück. Leise klopfte sie an. Sie wartete auf die kräftige, klare Stimme vom alten Helmar. Aber sie hörte nur ein leises „Ja, bitte!". Sie öffnete selbstbewusst die Tür.

„Herr Heinrich, ich habe noch etwas vergessen. Was ist in dem Lederbeutel, der in Ihrer Anrichte liegt?", fragte Agathe wie selbstverständlich.

Der alte Heinrich schaute sie erschrocken an.

„Du hast ihn also gesehen. Dachte ich`s mir. Ja, er ist von dort. Aber ich muss dich enttäuschen. Da ist nicht das Elixier drin, sondern ein sehr großer Edelstein, ein himmelblauer Aurichalcit. Die Sieren nennen ihn kurz Auricit. Er ist ein Vermögen wert." Der alte Helmar sank in sich zusammen. „Ich habe ihn gestohlen."

Er konnte Agathe nicht anschauen. Sein Blick wanderte unruhig im Raum umher. „Mein Gedanke war, dass ich ihn, wenn ich wieder in unserer Welt bin, verkaufe. Ich konnte es aber nicht. Ich habe mich für meine Handlung geschämt. Leider konnte ich es nicht wieder in Ordnung bringen. Weißt du, der Auricit ist der *Stein der Steine*. Ihm werden magische Kräfte zugeschrieben. Er ist das Symbol des Edelmutes, der Güte und der Treue. Verstehst du? Ich konnte ihn nicht verkaufen. Ich habe in der anderen Welt so viel gelernt und so viel Gutes erfahren. Es wäre Verrat gewesen. Ich kann es bis heute nicht verstehen, wie ich ihn stehlen konnte. Hol mir bitte den Beutel aus dem Schrank. Ich werde ihn dir zeigen."

Sie ging zum Schrank und holte ihn hinter den Gläsern hervor. In Helmars Augen schimmerten Tränen, als er ihn öffnete.

„Den Stein habe ich schon Jahre nicht mehr in meinen Händen gehalten. Schau, ist er nicht wunderschön? Dieses himmlische Blau, so verführerisch. Ich konnte der Versuchung nicht widerstehen. Dieser Stein muss zurück.

Er gehört nicht hierher. Du sollst das für mich tun. Du bist die Einzige, die eine Chance haben wird, in die andere Welt zu gelangen. Der Junge, dieser Ral, wird sich melden. Glaube mir."

Herr Heinrich sah müde aus. Und mit leiser Stimme sprach er weiter. „Sie haben eine ganz andere Beziehung zu den Edelsteinen. Nicht so wie wir. Mit Edelsteinen wird man im Land der Sieren nicht reich. Es gibt keinen Reichtum im Sinne von Geld. Sondern andere Reichtümer wie Wissen, Weisheit und Freundschaft. Verstehst du? Die Steine werden als Symbole getragen oder für die Heilung genutzt. Du trägst zum Beispiel kleine Rubine, wenn ich das richtig sehe. Sie wurden früher Karfunkelsteine oder glühende Kohle genannt und wurden gern von Männern getragen. Als Symbol des Sieges, der Wohltätigkeit, der Liebe und der Treue. Jeder Edelstein oder Halbedelstein hat seine Bedeutung, seine Bestimmung. Nichts, was es in der Natur gibt, ist nutzlos. Man muss es nur erkennen und sinnvoll einsetzen. Also denke daran, wenn du Ral wiedersiehst, dass du dir den Lederbeutel holst und ihn in meinem Namen wieder zurück gibst. Den Auricit gebe ich aber erst aus der Hand, wenn ich sicher bin, dass du Kontakt hast. Du kannst zu jeder Zeit zu mir kommen." Herr Heinrich atmete tief durch. „Ich habe schon nicht mehr daran geglaubt, dass ich mit jemandem mein Geheimnis teilen kann. Nun werden wir sehen, was die Zeit bringt. Agathe, denk immer daran, es ist unser Geheimnis." So verabschiedete sich der alte Helmar von Agathe. Seine Worte hinterließen einen tiefen Eindruck.

***

Ein paar Tage später ging Agathe zum Haus ihrer Großeltern. Es war noch Zeit bis zum Mittagessen, also schaute
sie bei Opa Aaron in der Werkstatt herein. Er saß an
seiner Werkbank und betrachtete ein Stück Holz. Es war
nicht größer als ein Buch.

„Hallo Opa! Was machst du Schönes?", fragte Agathe
interessiert.

„Dieses Stück Holz gab mir durch seine Form die Idee
zu einem Zentauren. Wusstest du, dass der Zentaurus ein
Fabelwesen ist? Er besitzt einen menschlichen Oberkörper
und einen Pferdeleib. Dieses Wesen ist in der griechischen
Kunst zu sehen, zum Beispiel im Zeustempel in Olympia.
Es gibt auch ein Sternenbild mit dem Namen Centaurus.
Es gehört zu dem südlichen Himmel und hat einen
Doppelstern mit dem Namen *Toliman*. Ist doch inte-
ressant, oder?" Opa Aaron löste seinen Blick von der
Arbeit und schaute Agathe über seine Halbmondbrille
direkt in die Augen, so als ob er ihre Gedanken lesen
wollte.

„Ja, es ist interessant. Schnitzt du jetzt nur noch solche
Wesen?"

„Nein, aber man muss seinen künstlerischen Horizont
erweitern." Dabei lächelte er verschmitzt. „Vielleicht
schnitze ich eine ganze Serie von Wesen der Mythologie.
Mal sehen." Ohne seinen Blick vom Holz zu nehmen,
fragte er: „Wie war der Besuch beim alten Helmar?"

„Gut." Agathe erzählte, was sie herausgefunden hatte.
Allerdings sagte sie nichts von dem Stein der Steine.
Schließlich sollte es ein Geheimnis bleiben.

Opa Aaron runzelte die Stirn. „Vielleicht ist er nur ein guter Erzähler. Es hört sich alles ein bisschen nach Märchen an. Findest du nicht auch?", wollte er von Agathe wissen.

„Ich denke, er sagt die Wahrheit. Es wäre eine Erklärung, warum man diese Menschen nicht in der Schlucht finden kann. Sie sind woanders zu Hause. Wenn ich auch noch nicht weiß, wo dieses *woanders* ist, so weiß ich, dass es mindestens zwei gibt, den Mann und Ral. Und die beiden werden bestimmt nicht allein sein. Herr Heinrich sprach von einer großen Siedlung."

Oma Lisbeth rief die beiden zum Essen.

„Was hast du dir für die Ferien vorgenommen?", wollte sie wissen.

„Mal sehen", sagte Agathe und schaute ihren Opa an.

Er erwiderte ihren Blick, aber ohne Regung.

„Darius hat angerufen. Er kommt uns am Wochenende besuchen. Es wurde auch mal wieder Zeit, dass er sich blicken lässt."

„Das ist ja toll. Wie lange bleibt er denn? Oder muss er gleich wieder weg?"

„Das wissen wir nicht. Er hat nur gesagt, dass es ihm gut geht und dass er uns am Wochenende besuchen möchte. Vielleicht können wir ihn überreden, länger zu bleiben. Es sind ja Ferien. Da könntet ihr ein bisschen was zusammen unternehmen. Was meinst du?", wollte ihr Opa wissen.

Die Zeit mit ihrem Onkel Darius war für Agathe immer sehr schön. Wenn sie mit ihm zusammen war, war es spannend und abwechslungsreich, eben ein Onkel zum

Pferdestehlen. Bis zum Wochenende würde sie sich schon die Zeit vertreiben.

„Weißt du Opa, ich glaube, das werden meine schönsten Ferien."

***

Für diesen Sonnabendmorgen hatte sich Agathe den Wecker gestellt. Sie wollte um keinen Preis der Welt die Ankunft von Darius verpassen und stand voller Elan auf. Kater Kasimir schaute ihr vom Schreibtischstuhl aus verschlafen nach. Agathe brauchte nicht lange im Badezimmer. Im Schrank fand sie dann ein paar leichte Sommersachen, die schnell angezogen waren. Sie rannte die Treppe hinunter, nahm einen Beutel von der Garderobe, holte ihr Fahrrad aus dem Schuppen und fuhr zum Bäcker am Dorfplatz. Sie war schon ganz hibbelig vor Vorfreude. Mit den Brötchen und eine Tüte Pfannkuchen im Beutel radelte sie nach Hause zurück. Komisch, um diese Zeit war das Tor von den Großeltern schon geöffnet. Das hatte Agathe vorhin noch gar nicht bemerkt. In der Einfahrt stand ein fremdes Auto. War Darius etwa schon da? Das Frühstück musste warten. Agathe stellte ihr Fahrrad am Zaun ab und ging hinein. Der Innenhof war leer, aber sie hörte gedämpfte Stimmen aus der Werkstatt, so als ob jemand darauf bedacht war, nicht gehört zu werden. Vorsichtig schlich sie näher heran. Das Fenster der Werkstatt stand halb offen. Sie stellte sich mit dem Rücken an die Wand und lauschte. Um besser zu hören, rückte sie näher an das Fenster heran. Opa Aarons Stimme war ganz deutlich, die andere leise, kaum zu vernehmen.

„Ich habe dich schon gestern erwartet. Agathe wird bald hier sein. Sie kann es kaum erwarten, dich zu sehen. Wir müssen über den Jungen reden. Der Junge heißt Ral und er ist mit absoluter Sicherheit ein Siere."

Ein leichtes Krächzen hörte sie.

„Er wird sich bei Agathe melden. Da bin ich mir sicher."

Ein kräftiges Husten drang aus der Werkstatt. Agathe drückte sich noch stärker an die Wand.

„Sie war beim alten Helmar. Wie viel er ihr erzählt hat, weiß ich nicht. Ich kann ihr keine Löcher in den Bauch fragen. Du musst sie auf andere Gedanken bringen. Sie irgendwie ablenken. Es sind Ferien. Wie lange kannst du bleiben?", fragte Opa.

„Eine Woche fürs Erste." Das war Onkel Darius Stimme! Er sprach weiter. „Die ganze Geschichte kann auch ein Fingerzeig sein. Junge Menschen sehen manche Dinge einfacher und klarer, nicht so kompliziert. Sie haben auch weniger Vorurteile als wir Erwachsenen. Das dürfen wir nicht vergessen. Trotzdem gut, dass du mir geschrieben hast. Die Dinge dürfen sich auch nicht ganz ohne Kontrolle entwickeln. Mach dir keine Sorgen. Agathe ist ein gescheites Mädchen. Sie ist intelligent und verantwortungsbewusst. Ein bisschen Vertrauen müssen wir haben."

„Deine Worte in Gottes Gehörgang. Meine Sorgen verschwinden dadurch nicht. Agathe kann in Situationen kommen. Ach, gar nicht auszudenken."

Knacken.

47

Schaben.

„Komm, Mutter wird das Frühstück fertig haben. Wir wollen sie nicht so lange warten lassen. Sie weiß von alledem nichts. Wir sollten es auch dabei belassen", hörte sie ihren Opa sagen.

Agathe rannte so schnell sie konnte zu ihrem Fahrrad. Opa Aaron und Darius sollten auf gar keinen Fall mitbekommen, dass sie gelauscht hatte. Es war ihr peinlich. Aber das Gehörte hatte sie entsetzt. Opa Aaron und Darius steckten also unter einer Decke.

Wie nannte Opa Ral? Einen Sieren? Das würde erklären, woher das Sierengebirge seinen Namen hat. Wie viele wussten noch darüber Bescheid? Opa Aaron, Darius und der alte Helmar gehören ohne Zweifel dazu. Das war ihr aus der Unterhaltung klar geworden. Was soll die Heimlichtuerei? Dachte Opa, sie wäre noch zu klein und würde es nicht verstehen? Was eigentlich nicht verstehen? Sie fühlte sich hintergangen, belogen und betrogen. Sie sollte alles erzählen, aber ihr sagte keiner etwas. Und Opas wichtiger Brief war also an Darius gerichtet gewesen. Er kam nur wegen der Sache mit Ral und nicht wegen ihr. Wie sollte sie ihre Enttäuschung verbergen? Am besten gar nicht.

Agathe fuhr traurig nach Hause.

Zu Hause angekommen, warteten die anderen auf die frischen Brötchen.

„Wo bleibst du denn? Ich habe Hunger. So lange kann es doch nicht beim Bäcker gedauert haben", beschwerte sich Björn.

„Geh das nächste Mal selbst. Wieso muss ich jedes Mal

fahren?", blaffte Agathe zurück.

„Du warst ja ganz versessen darauf und bloß, weil Darius kommt. Was ist daran schon Besonderes? Er kommt doch sowieso bloß wegen dir. Mich interessiert er schon lange nicht mehr. Ob er nun da ist oder nicht, ich gehe jedenfalls zum Fußball", erwiderte Björn trotzig.

„Vielleicht liegt es an deiner Art ihm gegenüber, deshalb mag er dich nicht. Ich an deiner Stelle würde mal darüber nachdenken", konterte Agathe.

„He, unsere Kleine riskiert ´ne große Lippe. Vielleicht sollte dir mal jemand sagen, wo es lang geht. Wenn Darius weg ist, bist du sowieso wieder kleinlaut." Björn stupste sie mit dem Zeigefinger am Arm an.

„Jetzt ist es genug. Ich möchte in Ruhe frühstücken. Zankt euch woanders", sagte Mutter, um den Streit zu beenden.

Agathe kaute an ihrem Bienenhonigbrötchen. Es wurde immer mehr im Mund.

Ihr Vater bemerkte es und sagte: „Schmeckt es dir nicht? Oder bist du so aufgeregt, dass du nichts essen kannst? Wie wäre es, wenn du schon mal zu Oma und Opa gehst?"

Essen konnte sie jetzt wirklich nichts mehr. Nicht weil sie aufgeregt war, sondern weil ihr ein Kloß im Hals steckte.

***

Agathe ging den Lilienweg hinunter zum Haus ihrer Großeltern. Das Tor stand immer noch offen und auch das fremde Auto parkte in der Einfahrt. Sie sah Opa

Aaron und Darius auf dem Hof stehen. Ein paar Gesprächsfetzen wehten zu ihr herüber. „… vergiss nicht! Helmar … sie kommt …"

Agathe versuchte so gut sie konnte zu lächeln. Darius drehte sich zu ihr um und strahlte über das ganze Gesicht. „Na, Kleines, lass dich anschauen. Du bist erwachsen geworden. Ich habe gerade Opa erzählt, dass ich für ein viertel Jahr in Australien war." Darius lächelte sie an. „Aber nun erzähle mal, wie geht es dir?"

„Ach, eigentlich ganz gut. Björn ärgert mich immer noch. Na ja, bei Oma und Opa ist es am schönsten", antwortete Agathe mit einem gequälten Lächeln.

„Ich werde ungefähr eine Woche bleiben. Überleg dir schon einmal, was wir zusammen unternehmen wollen?"

„Ich wusste gar nicht, dass du so lange da sein wirst", log Agathe und scheinbar klang sie etwas barsch.

„Ich kann ja morgen wieder fahren, wenn du nicht möchtest, dass wir zusammen ein bisschen Zeit verbringen. Ich würde es schade finden. Du nicht?"

„Doch, schon", sagte Agathe schnell. „Wir könnten baden fahren, ins Bowlingcenter gehen … Ach, uns wird schon was einfallen."

„Hört sich gut an. Also heute kommt bestimmt noch der Rest der Familie zu Oma und Opa. Der heutige Tag ist also verplant. Was wollen wir morgen machen?"

„Morgen ist baden angesagt", meinte Agathe.

„Okay, abgemacht. Ein bisschen Ruhe kann ich gut gebrauchen. Weißt du eine schöne Badestelle?"

„Na klar doch, am Waldsee. Er ist nicht so weit weg und ist sauber. Wir können mit den Rädern fahren. Wie wäre es mit zehn Uhr? Oder ist dir das zu zeitig?"

„Nein, ist in Ordnung, Kleines."

Am Waldsee bildete sich Agathe ein, Ral zu sehen, aber als sich der Junge umdrehte, erkannte sie ihren Irrtum. Ral drängte sich in ihre Gedanken und sie konnte es nicht verhindern. Immer wieder sah sie ihn vor sich, seine blauen Augen und sein schelmisches Schmunzeln. Nachts hörte sie seine wohlklingende Stimme. Ihre Gefühle fuhren Achterbahn. Manchmal hätte sie aus heiterem Himmel lachen können und in der nächsten Sekunde zerriss sie die Erwartung, ihn endlich wiederzusehen. Sehnsucht nagte an ihr, die sie sich nicht eingestehen mochte. Vielleicht wollte er sie doch nicht wiedersehen. Dieser Zweifel nistete sich in ihrem Kopf ein.

***

Heute wollte sie mit Darius in die Stadt und wollte jede Minute nutzen, denn sie wusste nicht, wann er wieder so viel Zeit für sie haben würde.

Agathe beeilte sich, um pünktlich bei ihrem Patenonkel zu sein. Im Haus der Großeltern traf sie nur Oma Liesbeth an. „Wo ist denn Darius?", fragte Agathe.

„Er ist in der Werkstatt bei Opa."

Die Tür stand halb offen und sie hörte die Männer reden. Sie ging hinein und sagte gut gelaunt: „Guten Morgen!" Beide verstummten plötzlich und schauten Agathe eigenartig an.

„Stimmt was nicht? Habe ich euch gestört?" Und leise sagte sie: „Das wollte ich nicht."

Agathe war im Begriff, sich umzudrehen und zu

gehen, da meinte Darius: „Du kannst hierbleiben. Wir haben gerade über dich gesprochen. Opa erzählte mir - ich hoffe, es ist dir recht - von deiner mysteriösen Begegnung im Wald und von einem Mann namens Helmar Heinrich. Und du glaubst, was ein alter, verwirrter Mann dir erzählt? Unglaubliche und aberwitzige Geschichten. Ich hätte dich klüger eingeschätzt." Agathe traute ihren Ohren nicht. Darius war wie ausgewechselt. Was war nur passiert?

„Vielleicht hat er sich die Geschichte nur ausgedacht, um sich für andere interessanter zu machen. Für mich hört sich das alles nach einem Hirngespinst an. Es gibt keinerlei Beweise für das, was er erzählt. Oder?"

Langsam aber sicher stieg in Agathe die Wut hoch. Ihre Augen füllten sich mit Tränen. Sie versuchte sie wegzublinzeln. Es gelang ihr nicht. So sehr sie sich auch bemühte. Sie erkannte ihren Patenonkel nicht wieder. Wo war der liebevolle und verständnisvolle Mensch geblieben? Wieso klangen seine Worte so hart?

„Opa, es ist mir nicht recht, dass du es Darius erzählt hast. Du hast mir versprochen, mit niemanden darüber zu sprechen. Und außerdem weiß ich, dass ihr beide mehr wisst, als ihr zugeben wollt. Ich habe euch belauscht."

Agathe baute sich vor Darius auf, stemmte ihre Hände in die Hüfte und sagte: „Du bist gar nicht meinetwegen hier. Du willst nur herausfinden, was ich alles weiß. Und ich hatte mich so gefreut, dass du gekommen bist. Und noch eins, ihr könnt mir beide gestohlen bleiben. Und damit ihr es wisst, es gibt einen Beweis für seine Geschichte."

52

Oh je, jetzt hatte sie es verraten! Wütend rannte sie aus der Werkstatt, zur Straße und nach Hause. Hinter sich hörte sie Darius rufen: „Warte doch! Wir können dir alles erklären."

Aber darauf hörte Agathe nicht mehr. Die Tränen rannen wie Sturzbäche an ihren Wangen herunter. Sie hatte das Gefühl, ihr Herz würde zerreißen. Warum musste das alles nur so sein, wie es war?

Zu Hause angekommen, rannte Agathe gleich die Treppe hinauf und schloss sich in ihr Zimmer ein. Sie warf sich aufs Bett und weinte hemmungslos ins Kissen. Nach einer Weile hörte Agathe Stimmen im Haus und dann Schritte auf der Treppe. Es klopfte leise an ihrer Tür. Aber Agathe reagierte nicht. Sie wollte niemanden sehen.

„Agathe, Kleines. Ich möchte mit dir reden."

Es war Darius. Wie sehr mochte sie Darius, aber im Moment war nur noch unsagbare Wut da.

Agathe schaute aus dem Fenster und dachte nicht daran, zu antworten. Sie presste ihre Lippen zusammen, bis sie schmerzten.

Darius drückte die Türklinke herunter, aber die Tür ließ sich nicht öffnen.

„Agathe, bitte mach auf! Ich möchte mich bei dir entschuldigen. Bitte!"

Was klebte denn da? Agathe wischte sich die Tränen aus den Augen und ging zum Fenster. An der Scheibe hing braunes Papier. Wie merkwürdig! Sie nahm es ab, faltete es vorsichtig auseinander und begann zu lesen:

Heute, wenn die Sonne am höchsten steht, warte ich auf dich

Ihr Herz hüpfte. Vergessen waren die Tränen und die Wut. Das war das Zeichen, auf das sie gewartet hatte. Endlich!

***

Wann steht eigentlich die Sonne am höchsten?, fragte sich Agathe. Natürlich zur Mittagsstunde, um zwölf Uhr. Sie schaute auf ihre Uhr. Es war gerade neun Uhr. Also noch genügend Zeit, um zum alten Helmar zu fahren, den Stein der Steine zu holen und sich dann auf den Weg zu Ral zu machen.

Agathe wusste nicht, ob Ral sie mit in seine Welt nehmen würde, aber es war die erste und vielleicht einzige Gelegenheit, den Stein der Steine seinen Eigentümern zurückzugeben. Agathe packte ihren Rucksack und steckte den Brief ein. Erstens, damit niemand ihrer Familie die Nachricht finden konnte, und zweitens, damit sie Herrn Heinrich beweisen konnte, dass sich Ral bei ihr gemeldet hatte. Sie überlegte, ob sie noch etwas mitnehmen musste.

Sie streichelte noch schnell ihren Kater. Er schaute sie treuherzig an.

„Kasimir, Ral hat mir geschrieben. Ich werde mich mit ihm treffen und vielleicht nimmt er mich mit in seine Welt. Aber keine Angst, ich komme wieder."

Agathe ging zur Tür und lauschte. Sie öffnete sie ganz leise, ging auf Zehenspitzen auf den Flur und schaute über das Geländer. Vorsichtig schlich sie die Treppe hinunter. Wohlwissend, welche knarrende Stufe sie auslassen musste. Die Küchentür war angelehnt. Sie hörte die Stimmen von Vater und Darius. Schnell, aber leise ging sie vorbei. Sollen sie nur reden, unterdessen bin ich schon längst über alle sieben Berge.

Sie schaute sich auf dem Weg zum Gartentürchen noch einmal um. Niemand folgte ihr. Zügig ging sie zur Bushaltestelle. Noch ein paar Minuten, bis der Bus kam.

Frau Schulz, ihre Nachbarin vom Lilienweg 3, gesellte sich zu Agathe.

„Na, möchtest du auch nach Allerberg?", fragte sie.

„Ja, ich will eine Schulfreundin besuchen. Sie hat mich eingeladen", erwiderte Agathe höflich.

„Ich will auch eine Freundin besuchen. Wir wohnen nicht so weit entfernt, aber man sieht sich kaum. Da kommt der Bus, der ist heute aber überpünktlich."

Der Bus hielt und zuerst stieg Frau Schulz ein und dann Agathe. Sie setzte sich so, dass Frau Schulz nicht weiter mit ihr reden konnte. So umging sie weitere Fragen. Am Altenheim stieg Agathe aus und nahm den Weg durch den kleinen Park zum Eingang. Sie grüßte den Pförtner und ging ohne Umschweife zum Aufzug. Ungeduldig wartete sie. Irgendwie dauerte ihr alles viel zu lange. Endlich öffnete er sich. Agathe ging hinein und drückte auf die 3. Die Tür schloss sich und der Aufzug setzte sich in Bewegung. Als er hielt, stiegt sie aus und wollte sich im Schwesternzimmer anmelden. Aber das Zimmer war leer. Na egal, dachte Agathe. Dann gehe ich eben unangemeldet zum alten Heinrich.

Vor der Tür blieb sie stehen und klopfte an. Es

antwortete niemand. Sie klopfte noch etwas kräftiger. Kein Laut drang aus dem Raum. Sie drückte die Klinke ganz vorsichtig herunter und öffnete die Tür. Von Helmar Heinrich keine Spur.

Was nun, fragte sich Agathe. Sie konnte sich unmöglich den Stein der Steine einfach nehmen, aber wo sollte sie in diesem großen Gebäude anfangen, nach den alten Helmar zu suchen? Auf dem Gang kam ihr eine alte Frau entgegen. Sie ging nach vorn gebeugt an einem Rollator. „Hallo Sie!", rief Agathe. „Wissen Sie, wo ich den Herrn Heinrich finden kann?"

„Ja, er ist entweder spazieren oder er ist bei Willy."

„In welchem Zimmer wohnt dieser Willy?", wollte Agathe wissen.

„Mhm, in welchem Zimmer nur …"

„Bitte! Es ist sehr wichtig für mich."

„Ja, das glaube ich dir. Wenn mich nicht alles täuscht, ist es die 316."

„Danke!"

Jetzt musste es nur noch das richtige Zimmer sein und Agathe hoffte so sehr, den alten Helmar dort zu finden. Sie klopfte an und wartete. Eine zarte Männerstimme sagte: „Herein!" Agathe öffnete die Tür. Auf der Couch saß ein kleiner, weißhaariger Mann, dessen Neugier nicht zu übersehen war und am Fenster stand, mit dem Rücken zu ihr, Herr Heinrich.

Gott sei Dank, dachte Agathe. Und laut sagte sie: „Guten Tag! Entschuldigen Sie die Störung. Ich wollte zu Herrn Heinrich."

„Er ist hier. … Helmar hörst du nicht! Du hast Besuch

von einem bezaubernden jungen Fräulein."

Herr Heinrich schreckte zusammen und drehte sich hastig um.

„Agathe, du! Was für eine Überraschung!"

„Helmar, du hast mir gar nichts von der bezaubernden jungen Dame erzählt. Wer ist sie denn?", wollte Willy wissen.

„Willy, sei nicht so neugierig. Sie kam mich besuchen und wir hatten uns viel zu erzählen", erklärte Helmar.

„Herr Heinrich, heute ist der entscheidende Tag", sagte Agathe.

„So, was denn für ein Tag?"

„Ein ganz wichtiger Tag für Sie. Er kommt vielleicht nie wieder."

Jetzt verstand Herr Heinrich.

„Gut. Verlieren wir keine Zeit."

Herr Heinrich schob Agathe auf den Gang hinaus und in sein Zimmer hinein.

„Zuerst möchte ich den Beweis sehen."

Agathe kramte in ihrem Rucksack. Sie war so nervös, dass sie den Brief nicht gleich fand.

„Er muss doch hier irgendwo sein. Ich habe ihn eingepackt. ... Hier ist er! Dieser Brief klebte heute an meinem Fenster. Weiß der Kuckuck, wie der dahin gekommen ist. Er ist von Ral und er möchte mich zur Mittagsstunde im Wald treffen. Ich habe nicht mehr viel Zeit, wenn ich pünktlich sein will. Lesen Sie selbst!"

Agathe reichte Herrn Heinrich den Brief. Er begutachtete das Papier sehr genau, strich darüber und erst dann las er.

„Ohne Zweifel, das Papier stammt von den Sieren. Ich schreibe noch ein paar Zeilen und die übergibst du bitte mit dem Stein der Steine."

Und schon saß er an seinem Tisch und schrieb. Als er fertig war, faltete er das Blatt zusammen, steckte es in einen Umschlag und klebte ihn zu.

„Fertig! Ich bin dir so dankbar, Mädchen. Ich bin zwar kein gläubiger Mensch, aber heute werde ich zu Gott beten, er möge dich beschützen, dir den richtigen Weg weisen und immer bei dir sein. Bis du wieder zurück bist. Und wenn er es will, werden wir uns wiedersehen. Also geh in Gottes Namen! … Halt, der Stein. Du kannst ihn dir nehmen!"

Agathe ging zum Schrank und nahm den Lederbeutel heraus. Vorsichtshalber schaute sie noch einmal hinein und vergewisserte sich, dass der himmelblaue Auricit auch wirklich drin war. Das war er. Agathe verabschiedete sich vom alten Helmar und lief zum Fahrstuhl. Beinahe hätte sie die Altenpflegerin umgerannt.

„Nicht so schnell!"

„Ich darf meinen Bus nicht verpassen."

Bevor die Altenpflegerin etwas sagen konnte, war Agathe im Fahrstuhl verschwunden und auf dem Weg nach unten. Sie musste sich beeilen, denn der Bus fuhr im Halbstundentakt. Agathe schaute auf ihre Uhr. Es war halb elf. Der Bus brauchte ungefähr eine halbe Stunde bis Weinbach. Von der Bushaltestelle bis zum Treffpunkt mit Ral benötigte Agathe mindestens eine dreiviertel Stunde zu Fuß. Sie lag gut in der Zeit.

***

In Weinbach angekommen, entschied sich Agathe, über die Wiesen zu gehen. Sie musste sich sputen, um Ral nicht zu verpassen. Sie lief sehr zügig. Die Sonne stach erbarmungslos und der Durst quälte sie mächtig. Seit dem Morgen hatte sie nichts mehr getrunken und hatte nicht daran gedacht, sich etwas mitzunehmen. Aber im Sierengebirge gab es kleine Quellen, die in das Flüsschen mündeten. Dort konnte sie etwas trinken. Bis dahin musste sie durchhalten und nicht an Tempo verlieren. Nur noch wenige Meter und Agathe hatte den Wald erreicht. Die Bäume spendeten ein wenig Schatten, aber heiß war es immer noch. Sie ging tapfer weiter und nicht weit von ihr sah sie das Farnkraut. Sie schaute auf die Uhr. Es war fünf Minuten vor zwölf. Agathe suchte die Stelle, wo sie auf Ral getroffen war. Sie war sich sicher, den Ort gefunden zu haben, und setzte sich auf einen Baumstumpf. Vor Erschöpfung schloss sie die Augen. Sie träumte wirres Zeug und schreckte plötzlich zusammen. Oh Gott, sie hatte eine dreiviertel Stunde geschlafen. Es war dreiviertel eins. Sie musste Ral verpasst haben oder er war nicht gekommen oder es war der falsche Treffpunkt. Agathe schaute sich noch einmal um. Es war die Stelle. Kein Zweifel! Sie erkannte den eigenwillig geformten Baum wieder, den Ameisenhügel und den Baumstumpf, auf dem sie saß.

Was nun? Am liebsten würde sie die Höhle suchen, von der der alte Helmar gesprochen hatte. Aber sie konnte sich nicht entschließen, den Treffpunkt zu verlassen.

Hinter sich hörte sie ein lautes Knacken. Erschrocken

drehte sie sich um und vor ihr stand Ral.

Das blonde Haar leuchtete in der Sonne und seine blauen Augen strahlten sie an.

„Ich dachte schon, ich hätte dich verpasst. Du hast dich verspätet", sagte Agathe.

Ral zog die Augenbrauen hoch und schaute sie ungläubig an.

„Ich sehe, du trägst einen Zeitmesser. Schau, jetzt steht die Sonne am höchsten. Auch ohne Zeitmesser weiß ich, wie spät es ist."

Agathe schaute verwirrt auf ihre Uhr. Es war dreizehn Uhr. Wer kann hier die Uhr nicht lesen, fragte sich Agathe. Sie wollte Ral nicht verärgern und so sagte sie nichts. Es ließ ihr trotzdem keine Ruhe und auf einmal fiel es ihr wie Schuppen von den Augen. Es war ja Sommerzeit. Daran hatte sie gar nicht mehr gedacht. Da lag der Hase im Pfeffer begraben.

„Oh, entschuldige!"

„Hm." Dabei legte er seine Stirn in Falten. „Ich möchte dir meine Welt zeigen. Willst du?"

Er hielt ihr seine Hand entgegen. Sie willigte ein, indem sie ihre Hand in seine legte. Seine Augen strahlte sie an. „Ich bin dabei, eine große Dummheit zu machen."

„Ich wahrscheinlich auch."

***

Ral führte sie durch den Wald zum kleinen Flüsschen und dem Wasserfall.

„Wir müssen hier rüber. Auf der anderen Seite befindet sich der Eingang zu einer Höhle", erklärte Ral.

Beim Überqueren beugte sich Agathe zum Wasser hinunter, benetze ihr Gesicht mit dem kühlen Nass und trank ein paar Schlucke. Wie gut das tat.

„Komm, wir haben es gleich geschafft. In der Höhle ist es kühl."

Ral schob ein paar Pflanzen, die an der Felswand entlang rankten, beiseite und schlüpfte durch den Eingang. Agathe tat es ihm gleich.

In der Höhle war es, wie der alte Helmar gesagt hatte, hell und angenehm kühl. Eine richtige Wohltat.

Sie gingen tiefer in die Höhle hinein. Das Licht nahm einen bläulichen Schimmer an. In einiger Entfernung sah Agathe den riesigen Bogen aus Bergkristallen. Es verschlug ihr die Sprache. Tausende aneinander gereihte Bergkristalle in allen Größen bildeten einen Bogen an der Decke. Ihre prismaähnliche Form gab dem Bogen sein charakteristisches Aussehen. Einige Kristalle schimmerten in zartem Rosa, seidigem Violett und verwaschenem Gelb. Nur einige wenige leuchteten in Rot oder Grün. Ein Farbspiel so zart und zerbrechlich, dass es seines Gleichen suchte. Aber der überwiegende Teil glänzte glasklar und war durchsichtig, so auch der riesige Kristall, der in der Mitte des Bogens nach unten herausragte. Es war der einzige richtig große Kristall.

Ral blieb stehen und drehte sich zu Agathe um.

„Ich erkläre dir jetzt, wie wir in meine Welt kommen. Du musst mir gut zuhören und genau das machen, was ich dir sage."

Ral fingerte in seinem Lederbeutel herum und holte eine kleine Flasche heraus. Agathe sah ganz deutlich die grüne Flüssigkeit.

„Also, pass auf! Das ist ein Elixier. Wir kommen mit dessen Hilfe in meine Welt. Jeder nimmt einen kleinen Schluck, aber noch nicht runterschlucken. Klar soweit?"

Agathe nickte eifrig.

„Es schmeckt bitter. Wie gesagt, den Schluck behältst du im Mund und stellst dich genau unter den großen, senkrecht nach unten hängenden Kristall. Du musst wirklich genau darunter stehen. Schau lieber zweimal, als einmal zu wenig. Dann schluckst du das Elixier runter und versuchst, einen Schritt nach vorn zu gehen. Es wird dir nicht gelingen. Du musst es trotzdem versuchen. Wenn du mich siehst, bist du auf der anderen Seite."

„Warum muss ich unbedingt unter dem großen Bergkristall stehen?", fragte Agathe.

„Das ist sehr kompliziert. Ich weiß nur, wenn du genau darunter stehst, dann trittst du im Jetzt und Heute bei uns ein. Andernfalls gibt es eine Katastrophe, nämlich eine zeitliche Verschiebung. Das habe ich mal bei den Alten gehört."

„Ich werde doch in deiner Welt auffallen. Wird das ein Problem werden?"

„Vielleicht, vielleicht aber auch nicht. Es wird schon in Ordnung gehen."

„Meinst du wirklich?"

„Klar. Bist du bereit? Ich werde zuerst gehen und auf der anderen Seite auf dich warten."

Ral öffnete das Flakon und nahm einen Schluck. Mit einem Kopfnicken reichte er Agathe die Flasche. Nun stellte er sich genau unter den großen Bergkristall.

Grünes Licht verströmten die Kristalle. Die Luft begann zu flimmern. Agathe sah noch, wie Ral einen Schritt nach vorn machte. Dann war der Spuk vorbei und das blaue Licht dominierte wieder.

Agathe war fasziniert. Es war genauso, wie es der alte Helmar erzählt hatte. So und nun bin ich dran, sagte sie sich. Sie hatte ein flaues Gefühl in der Magengrube. Noch konnte sie zurück, aber sie wollte unbedingt in Rals Welt. Jetzt konnte ihr Wunsch in Erfüllung gehen. Gedanklich schob sie ihre Angst beiseite. Eine zweite Chance wird sie nicht erhalten. Da war sie sich sicher.

Mutig setzte sie die Flasche an. Das Elixier roch wunderbar nach grünem Apfel, aber der Geschmack, einfach widerlich. Agathe stellte sich, genau wie Ral, unter den großen Bergkristall. Noch einmal vergewisserte sie sich, ob sie auch richtig stand, dann schluckte sie die Flüssigkeit runter.

Vor ihren Augen tanzten Sterne und im Körper breitete sich eine mollige Wärme aus. Ihr wurde speiübel und schwindelig. Ich muss einen Schritt nach vorn gehen, sagte sie sich. Dabei schloss sie die Augen. Es ging nicht. Die Füße waren wie angewurzelt. Von einer Sekunde auf die andere war es vorbei. Sie spürte den Sand unter ihren Füßen. Um sie herum hatte sich nichts verändert. Über ihrem Kopf erstreckte sich der Kristallbogen. Seine Steinformation leuchtete zart. So schön es anzusehen war, so elend fühlte sie sich.

„Ist alles in Ordnung? Du siehst blass aus", fragte Ral besorgt.

„Das Zeug ist furchtbar."

Agathe ließ sich auf einem Stein nieder und stützte ihren Kopf in die Hände.

„Bleib sitzen! Ich hole dir Wasser."

Agathe war froh, dass sie im Moment allein war. Wenn sie daran dachte, dass sie auf demselben Weg zurück musste, dann stieg in ihr die Übelkeit wieder hoch.

Ral kam mit einem Schlauch voll Wasser zurück. Agathe nahm hastig ein paar Schlucke.

„Es geht mir schon besser. Aber sag, woher hast du das Elixier?", wollte Agathe wissen.

Ral zwinkerte ihr zu. „Das ist mein Geheimnis."

***

Sie gingen durch die Höhle dem Ausgang entgegen. Agathe hatte den Eindruck, den Weg zu kennen. Als Agathe die Höhle verlassen hatte, sah sie unmittelbar vor sich ein kleines Flüsschen. Sie hätte schwören können, in ihrem Wald zu sein, aber irgendwie war es doch anders.

Ral ging voran und zeigte ihr die günstigste Stelle, um trocken über das Flüsschen zu kommen. Rechts und links des Weges standen riesig große Pflanzen. Ihre Stängel waren holzig, die Blätter groß und fingerartig. Agathe sah kleine, unscheinbare Blüten. Viel zu klein im Gegensatz zu ihrer Gesamtgröße.

„Was sind das für Pflanzen?", wollte sie wissen.

„Wir nennen sie Pflanze des Lebens oder manchmal auch einfach nur grüne Kraft. Sie ist unsere kostbarste Nutzpflanze. Sie wächst sehr schnell und benötigt keinen besonders nährstoffreichen Boden. Viele Jahre bauen wir sie auf ein und demselben Feld an. Der Ertrag ist immer der gleiche. Es gibt kaum einen Befall von Schädlingen, sodass die Ernte sicher ist. Ganz früher, in längst vergangener Zeit, gab es eine große Katastrophe und die Pflanze verschwand einfach. Irgendwie haben es unsere Vorfahren geschafft, dass sie hier wieder wächst." Ral blieb stehen. „Ja, und es gibt nichts, wozu man sie nicht verwenden könnte. Man kann aus ihr Kleidung, Papier und verschiedene Öle herstellen. Die Samen z. B. nehmen wir zum Backen oder für Suppen und andere Speisen. Feston, unser Heiler, verwendet sie für einige Arzneien wie zum Beispiel die Pfladele-Salbe. Mit den Pflanzenresten feuern wir unsere Küchenöfen. Wie du siehst, ist sie sehr wichtig für uns."

„So eine Pflanze könnten wir auch gebrauchen. Man könnte sie in Gegenden anbauen, wo der Boden nicht mehr so fruchtbar ist. Die Bauern hätten ihr Auskommen. Das wäre doch super. Ich werde, wenn ich darf, Samen mit nach Hause nehmen", so Agathe.

„Das wird wohl nicht möglich sein."

„Wieso?"

„Nichts darf durch den Bogen in die andere Welt mitgenommen werden, auch keine Samen."

„Das ist sehr schade."

„Gibt es bei euch solch eine Pflanze nicht?"

„Keine Ahnung. Ich glaube aber nicht, denn sonst hätte ich von ihr gehört."

„Wir sind gleich in unserer Siedlung. Ach, eins noch, wenn wir uns grüßen, dann nicken wir uns ehrfürchtig zu. Die Jüngeren grüßen immer zuerst. Vergiss es nicht! Es ist ein Zeichen für Respekt und Achtung. Das ist uns sehr wichtig."

Ral machte es vor und Agathe nickte zurück.

***

Nachdem Agathes Tür verschlossen blieb und sie auch nicht antwortete, war Darius zu ihrem Vater in die Küche gegangen. Er setzte sich schweigend zu ihm an den Tisch und vermied es, seinen Bruder in die Augen zu sehen. Was sollte er auch sagen?

„Darius, was ist hier eigentlich los? Erst rennt Agathe mit Tränen im Gesicht auf ihr Zimmer und kurz darauf gehst du, ohne etwas zu sagen, an mir vorbei zu Agathe. Eine Erklärung wäre angebracht. Findest du nicht auch?", fragte Karl Kraft.

Darius schaute vor sich auf den Tisch und schien seinen Bruder gar nicht zu hören.

„Darius, ich rede mit mir! Ich möchte wissen, was los ist."

Endlich besann sich Darius und schaute seinen Bruder lange an.

„Ich weiß gar nicht, wo ich anfangen soll." Nervös spielte er mit dem Deckchen, welches auf dem Tisch lag.

„Wie wäre es mit dem Anfang?" Agathes Vater hatte nur noch wenig Geduld.

„Na ja, Agathe traf im Wald einen Jungen, einen ungewöhnlichen Jungen. Und seither jagt sie der Legende vom Sierengebirge nach und denkt, der Junge gehört zu den Menschen mit dem feuerroten Haar. Als sie vorhin zu uns kam, unterhielten wir uns mit Vater darüber. Wir wollten ihr sagen, dass es keinen Sinn hat, diese Men-

66

schen zu suchen. Ich habe mich mächtig im Ton vergriffen. Ich weiß auch nicht, wie das passieren konnte. Es kam einfach über mich und es tut mir leid. Glaub mir, es tut mir unendlich leid."

„Das musst du ihr schon selbst sagen."

„Sie macht nicht auf. Karl, geh du noch einmal zu ihr und versuch mit ihr zu reden. Ich kann so nicht abfahren. Verstehst du?"

„Also gut. Aber klären musst du es mit ihr selbst."

„Hm."

Darius war erleichtert, als sein Bruder aufstand und die Treppe hinaufging. Oben angekommen, klopfte er an Agathes Tür.

„Agathe, ich bin es. Mach bitte auf! Darius sitzt in der Küche. Es tut ihm leid. Komm schon, mach auf!"

Ihr Vater drückte die Klinke nach unten. Die Tür gab nach. Er öffnete sie und fand nur den Kater in ihrem Zimmer.

„Sie ist nicht mehr in ihrem Zimmer", rief er Darius zu. Dieser sprang vom Stuhl auf.

„Was! Das kann doch nicht sein."

Er rannte die Treppe hinauf.

„Wieso habe ich das Gefühl, dass die Geschichte, wie du sie mir erzählt hast, nicht ganz richtig ist? Ich möchte jetzt die Wahrheit hören, und zwar die ganze Wahrheit. Hier geht es um meine Tochter. Ist dir das klar?" Agathes Vater baute sich in voller Größe vor seinem Bruder auf und ließ keinen Zweifel aufkommen, dass es ihm ernst ist.

„Dafür ist keine Zeit. Wir müssen Agathe finden. Wo kann sie hin sein? Ihre Freundin ist doch im Urlaub, nicht wahr?"

„Vielleicht ist sie zu Vater zurück", sagte Karl.

„Sie war so sauer auf uns. Warum sollte sie zu Opa gehen? Vielleicht finden wir einen Hinweis, wo sie sein könnte." Karl schaute sich den Schreibtisch genauer an. Den Stapel Bücher schob er von einer Seite auf die andere. Darunter kam ein unscheinbares Stück Papier zum Vorschein. Die Buchstaben R, A und L waren in unterschiedlichen Farben geschrieben. Karl legte das Blatt wieder zurück.

Darius kniete sich nieder und warf einen Blick unters Bett. Außer ein paar Staubflusen entdeckte er nichts. Beide standen verloren im Zimmer.

„Wir werden trotzdem bei Vater nachfragen. Irgendwo müssen wir anfangen zu suchen", meinte Darius.

„Wir? Du wirst sie suchen."

Darius ging den Lilienweg hinunter zum Haus seiner Eltern. Dabei hing er seinen Gedanken nach. Dort angekommen, sah er Opa im Hof stehen.

„Was ist los?", wollte er wissen.

„Ist Agathe bei dir?"

„Nein, sie ist doch nach Hause gelaufen. Seitdem überlege ich, was zu tun ist, um die Angelegenheit in Ordnung zu bringen. Wo kann sie nur hin sein?"

„Ich weiß es nicht."

„Komm in die Werkstatt. Wir müssen in Ruhe nachdenken."

Darius setzte sich auf den Hocker, um gleich wieder aufzustehen. Unruhig ging er in der Werkstatt auf und ab.

Seine Schritte verursachten ein knirschendes Geräusch. Er blieb vor seinem Vater stehen und fragte: „Wie ernst schätzt du die Lage ein?"

„Wenn du mich so fragst, dann eher bedenklich. Sie war sauer und enttäuscht. Sie hat sich in ihr Zimmer zurückgezogen und wollte allein sein. Sie hat sich eingeschlossen. Richtig?"

„Stimmt und ich habe sie weinen gehört, ganz leise." Als er das sagte, schluckte er.

Opa Aaron dachte weiter laut. „Wenn das so ist, warum ist sie nicht mehr in ihrem Zimmer? Was ist der Grund? Es gibt zwei Möglichkeiten. In ihrer Wut versucht sie Ral zu finden oder sie ist zu jemanden gegangen, dem sie vertraut und der sie anhört. Ich tendiere zur zweiten Möglichkeit. Spontan fällt mir der alte Helmar ein. Er weiß von den Sieren und wäre in dem Fall der ideale Gesprächspartner. Was meinst du?"

„Da könntest du recht haben." Darius setzte sich auf die Werkbank und ließ seine Beine baumeln. Unruhig rutschte er wieder herunter. „Ich sollte dem alten Helmar einen Besuch abstatten."

***

Das Alten- und Pflegeheim „Abendrot" fand er gleich. Die Suche nach einem Parkplatz gestaltete sich dagegen schwieriger. Als er nach längerem Suchen noch keinen gefunden hatte, entschloss er sich, auf den Wirtschaftshof zu fahren, um dort sein Auto abzustellen.

Darius schaute sich das Heim an. Es war ein mehrstöckiges Haus mit drei Anbauten.

„Freudiges Suchen!", murmelte er vor sich hin.

Er überquerte den Wirtschaftshof. In der Pförtnerloge saß ein Mann mittleren Alters. Vor ihm auf dem Tisch lagen eine Zeitschrift und sein Pausenbrot.

„Guten Tag! Ich möchte zu Helmar Heinrich. Wo finde ich ihn?", fragte Darius.

„Tag auch! Er wohnt in Zimmer 315. Auf der Etage melden Sie sich bitte bei der Schwester an."

Darius begab sich zum Fahrstuhl.

Darius lauschte an der Tür. Er krümmte seinen Zeigefinger und klopfte. Keine Reaktion. Er klopfte noch einmal, aber dieses Mal etwas lauter. Von drinnen war ein leises „Herein!" zu hören. Darius öffnete die Tür und ging hinein. Herr Heinrich drehte sich vom Fenster weg und schaute den Besucher verwundert an.

„Sie wünschen?"

„Sie sind Herr Helmar Heinrich?"

„Ja. Kennen wir uns?"

„Wir kennen uns nicht, aber es verbindet uns ein Mädchen mit dem Namen Agathe. Ich möchte von Ihnen wissen, wo sie ist."

„Wie Sie sehen, ist sie nicht hier."

Das Gesicht von Helmar zeigte keinerlei Regung. Ein leichtes Zucken der Daumen verriet seine wahre Stimmung.

„Sie kennen also Agathe?", bohrte Darius weiter.

„Ja. Warum?"

„Sie ist verschwunden. Wissen Sie, wo sie ist?", fragte Darius noch einmal.

„Nein. War das alles? Dann können Sie gehen." Er schloss seine Augen und legte seinen Kopf an die Rückenlehne.

„Sie sturer, alter Mann. Hier geht es nicht um irgendwelche Lappalien, sondern um ein Kind, um mein Patenkind. Was haben Sie ihr alles erzählt? Raus mit der Sprache! Sofort!" Darius' Gesicht nahm die Farbe einer reifen Tomate an. Als er bemerkte, dass Herr Heinrich nicht gewillt war zu reden, stand er mit zwei Schritten vor dem Sessel. „Dann werde ich mal Klartext mit Ihnen reden. Vielleicht verstehen Sie mich dann. Also, ich weiß, dass es die Sieren gibt. Diese Menschen sind nicht Ihrer Fantasie entsprungen, wie andere behaupten."

Herr Heinrich hielt seine Augen fest geschlossen.

„Ich weiß, dass Agathe einen Jungen, den Ral, getroffen hat und er sprach von der Pflandelesalbe. Diese Salbe gibt es nur bei den Sieren, stimmt's?" Darius machte wieder eine Pause.

Die Augen von Herrn Heinrich bewegten sich hektisch unter den Lidern hin und her.

Darius setzte zum Sprechen an. „Ich kenne die Sieren und Sie auch. Ral wird sich bei Agathe melden, oder hat er es schon getan? Wenn Sie wirklich im Land der Sieren waren, dann wissen Sie auch, dass es für einen Erwachsenen schwierig ist, gewisse Dinge zu verstehen. Agathe ist aber ein Kind. Wie, bitte schön, soll ein Kind damit klar kommen? Haben Sie daran schon einmal gedacht? Welchen Beweis haben Sie für die Existenz der Sieren? Das würde mich mal ganz persönlich interessieren." Herr Heinrich hatte seine Augen immer noch geschlossen.

Seine Hände faltete er so stark zusammen, dass man Angst haben musste, dass seine Finger absterben würden.

„Ich werde Agathe auch ohne Ihre Hilfe finden. Fragt sich nur, ob Sie das alles mit Ihrem Gewissen vereinbaren können. Eines Tages wird man von Ihnen Rechenschaft fordern, aber nicht vor einem irdischen Gericht."

Darius wollte gerade die Tür öffnen, da sagte Herr Heinrich: „Warten Sie!"

„Ich bin ganz Ohr", sagte Darius, während er sich umdrehte.

„Sie waren auch bei den Sieren?", wollte Herr Heinrich wissen.

„Das tut nichts zur Sache. War Agathe heute hier?"

„Ja, sie war hier. Als sie mich das erste Mal besuchen kam, erzählte sie mir von Ral. Ich erklärte ihr, dass sie, auch wenn sie es noch so sehr will, nicht in das Land der Sieren kommt. Sie benötigt die Hilfe eines Sieren. Das weiß sie. Dann entdeckte sie in meinem Schrank einen Lederbeutel, den ich damals mitgenommen hatte. Ich zeigte ihr den Inhalt und bat sie, wenn sie wirklich in die andere Welt geht, dass sie den Lederbeutel an die Eigentümer zurückgeben soll. Heute stand Agathe vor mir und zeigte mir einen Brief. Er stammte eindeutig von einem Sieren. Unterschrieben war er mit Ral. Ich gab ihr den Lederbeutel und sie ging. Das ist alles."

Darius atmete tief durch.

Leise sprach Herr Heinrich weiter. „Sie werden zu spät kommen. Sie ist schon in der anderen Welt. Zur Mittagsstunde wollten sie sich im Wald treffen."

Darius ging ganz dicht an den alten Mann heran. Er

konnte seinen Atem spüren. Fast drohend sagte er: „Weil Sie sich damals nicht an die Vereinbarungen gehalten haben, lassen Sie ein Kind ins Ungewisse laufen. Was sind Sie nur für ein Mensch? Hoffentlich lässt der Rat der Sieben Gnade vor Recht walten. Wenn nicht, dann möchte ich nicht in Ihrer Haut stecken. Passiert meinem Patenkind irgendetwas, dann gnade Ihnen Gott. Ich komme wieder. Es gibt kein Versteck auf dieser Welt, in dem Sie sicher sind. Ich finde Sie! Und wenn Sie sich in der Hölle verstecken."

Mit einem lauten Knall flog die Tür hinter Darius zu.

***

Opa Aaron trommelte mit seinen Fingern auf der Werkbank. „Ich habe Frau Schulz getroffen. Sie ist heute nach Allerberg gefahren. Sie sah, wie Agathe am Altenheim ausgestiegen ist", erzählte Opa Aaron.

„Das deckt sich mit dem, was ich aus dem Alten herausgepresst habe."

Schweigen füllte die Werkstatt.

„Gibt es denn einen anderen Weg zu ihnen als diesen Bogen und die Flüssigkeit?", fragte Darius seinen Vater.

„Nicht, dass ich wüsste."

„Ich kann nur eine Nachricht hinterlegen. Das ist alles", sagte Darius. „In der Höhle gibt es ein Versteck. Das ist meine Verbindung zu den Sieren. Früher legte ich dort Nachrichten ab und manches Mal fand ich neben einem Brief auch Edelsteine, die ich verkaufen oder verschenken sollte. Und jedes Mal musste etwas Gutes dabei herauskommen. Das war die Bedingung. Ich weiß nicht einmal, wer mir geschrieben hatte. Unter den Briefen war nie eine Unterschrift. Ich vermute mal, dass es Isa war."

Darius verstummte.

„Du willst wohl nicht darüber sprechen?", forschte sein Vater nach.

„Nein."

„Da hat wohl jeder so seine kleinen Geheimnisse."

„Hm ... Wenn du keine andere Lösung hast, dann werde ich einen Brief schreiben und hoffen, dass ich bald Antwort erhalte. Unterdessen kannst du dir Gedanken machen, wie wir Agathes Verschwinden erklären. Eine Erklärung, die man uns auch abnimmt."

Darius schrieb den Brief, brachte ihn in die Höhle in das Versteck und kehrte wieder in die Werkstatt zurück.

„Na, hast du dir was Geniales einfallen lassen?", fragte er seinen Vater.

„Ja, habe ich. Mein Sohn, du wirst augenblicklich abreisen. Quartiere dich von mir aus in Allerberg im Hotel ein. Sofort!"

„Ich höre wohl nicht recht. Ich kann nicht einfach wegfahren."

„Du sollst fahren und Agathe sinngemäß mitnehmen. Niemand schöpft Verdacht, wenn ich sage, dass Agathe bei dir ist. Bis zum Ende der Ferien sind es noch ein paar Wochen und bis dahin muss sie wieder hier sein, sonst haben wir ein Problem, und zwar ein sehr großes. Abgesehen von den Schwierigkeiten, die du dann haben wirst. Jeder wird dich für das Verschwinden von Agathe verantwortlich machen. Also, pack deine Sachen und fahre nach Allerberg. Such dir ein Hotel und verhalte dich ruhig.

Wir bleiben in Verbindung."

„Gut."

Darius verließ die Werkstatt und wenig später hörte Opa Aaron das Auto davonfahren. Noch nie hatte er sich so hilflos gefühlt.

***

Agathe und Ral waren dem Weg gefolgt. Sie standen auf einer kleinen Anhöhe und konnten die Siedlung überblicken. Agathe sah viele Häuser, größere und kleinere. Jedes besaß einen anderen farbigen Anstrich. Auf den Straßen und Wegen herrschte ein geschäftiges Treiben. Kinder tollten auf der Straße, dazwischen liefen alle möglichen Tiere herum. Agathe beobachtete, wie eine Frau Wäsche aufhängte, eine andere arbeitete im Garten und eine weitere melkte gerade eine Kuh. Ein paar Männer kamen mit einem Heuwagen in die Siedlung. Dahinter fuhr ein Pferdewagen beladen mit Holz. Eine richtige dörfliche Idylle wie aus früheren Zeiten. Hier könnte sie sich wohl fühlen; keine hupenden Autos auf der Straße und kein Gestank von Abgasen. Es lag ein Duft von Blumen, Gräsern und verbranntem Holz in der Luft. Frischer Essensduft wehte herüber und sie verspürte mächtigen Hunger.

„Das erste Haus ist unseres. Isa wird das Essen fertig haben."

„Isa?"

„Du wirst sie gleich kennenlernen. Hab Geduld!"

Sie gingen den Weg hinunter zum ersten Haus. Es war ein sehr großes, gelbes Gebäude. Das Dach war mit den langen Stängeln der Pflanze gedeckt, die Ral als Pflanze

75

des Lebens bezeichnet hatte. An den Fenstern waren Holzläden befestigt. Die Haustür bestand aus massivem Holz und war mit kunstvollen Schnitzereien verziert. Ein richtiges Schmuckstück. An der Seitenwand rankten rote Rosen, die in voller Blüte standen. Das Haus besaß zwei Stockwerke und sah sehr einladend aus. Der Vorgarten war, wie bei allen anderen, von einem niedrigen Holzzaun umgeben. Hier blühten die farbenprächtigsten Blumen, die Agathe je gesehen hatte. So schien es ihr jedenfalls. Ral stieg über den kleinen Zaun und war mit wenigen Schritten an der Tür.

„Komm schon. Ich habe Hunger. Wir können uns später alles ansehen."

Ral öffnete die Tür und ging hinein. Agathe beeilte sich und fand sich in einem riesigen Raum wieder. Es duftete verführerisch nach Essen.

In der Mitte des Raumes standen ein Kachelofen mit Kamin und daneben der Küchenofen. Drumherum hingen die verschiedensten Küchengeräte: Töpfe, Pfannen, Kellen und andere Dinge. Gleich daneben befand sich ein Regal mit Gewürzen, Kräutern und Nahrungsmitteln, wie Brot, Zwiebeln und auch Eingewecktes. Auf der linken Seite befand sich ein übergroßes Regal vollgestopft mit Büchern und Schriftrollen. Agathe glaubte, dass man Jahre benötigte, um alles zu lesen. Dort entdeckte sie ein Mädchen, das in einem Buch blätterte. Sie trug ein schlichtes Leinenkleid. Um ihre Hüfte schlang sich ein Gürtel. Ihre langen Haare waren gewellt und rot.

Vom Bücherregal aus in Richtung Ofen stand ein Holztisch, an dem mindestens zwanzig Leute Platz hatten. Gedeckt war für vier. Rechts vom Eingang befanden sich Schränke und zwischen den Schränken sah Agathe eine Tür. Links hinter dem Ofen führte eine Holztreppe in das obere Stockwerk. Von dort kam eine Frau mit einem langen, braunen Kleid herunter. Sie hatte ebenfalls lange Haare und ein hübsches Gesicht. Das Kleid hätte genauso gut von einem Designer aus Agathes Welt sein können. Es war bestickt und tailliert. Das Rockteil war aus unterschiedlich langen Stoffbahnen zusammengesetzt. Um ihre schmale Taille hatte sie einen geflochtenen Gürtel gebunden. Es sah schlicht und gleichzeitig anmutig aus.

Die Fenster ließen genügend Tageslicht herein, sodass Agathe alles ausgiebig betrachten konnte.

„Wer bist du denn?", wollte die Frau von Agathe wissen.

Das Mädchen am Bücherregal drehte sich um und beäugte Agathe mit ihren grünen Augen sehr genau.

Agathe öffnete den Mund, aber Ral antwortete schneller: „Das ist Agathe. Ich habe sie zu uns eingeladen. Agathe, das ist Isa und das …" Dabei zeigte es auf das Mädchen. „… ist Mea."

Im Haus war es mucksmäuschenstill. Man hätte eine Stecknadel fallen hören können, wenn denn eine gefallen wäre.

Als Erste fand das Mädchen die Sprache wieder und sagte zu Ral: „Bist du jetzt völlig übergeschnappt? Nicht genug, dass du dich Vaters Anweisungen widersetzt. Du bringst auch noch eine von der anderen Seite hierher. In deiner Haut möchte ich nicht stecken." Das Mädchen hatte schon die Türklinke in der Hand. „Es ist an der Zeit, dass ich Vater hole."

Isa hob die Hand. „Warte noch! Auf die paar Minuten kommt es nicht an." Mit einem milden Lächeln wandte sie sich an Agathe. „Willkommen in unserem Haus! Wie Ral schon sagte, das vorlaute Mädchen dort an der Tür, das ist Mea, meine Tochter."

Mea zog eine beleidigte Schnute.

Isa sprach weiter: „Unsere Reaktion war unhöflich. Entschuldige. Aber es kommt nicht vor, dass wir Menschen von der anderen Seite bei uns zu Besuch haben. Ich bin sehr überrascht. Es war wohl Rals Idee, dich hierher zu bringen?", fragte sie.

„Nicht ganz. Ich wollte es auch. Ich war neugierig und möchte gern mehr über euch wissen. Hoffentlich gibt es keine Schwierigkeiten. Wenn ja, gehe ich gleich wieder und ihr vergesst, dass ich hier war."

„So einfach ist das nicht. Der Rat der Sieben wird es schon wissen. Wir müssen klug vorgehen. Setz dich, Agathe. Du bist natürlich zum Essen eingeladen. Solange du bei uns bist, wird unser Haus auch dein Haus sein. Ral, du legst noch ein Gedeck auf und Mea, du kannst Vater holen!"

„War vorhin nicht so gemeint", sagte Mea schnell.

Nachdem das fünfte Gedeck auf dem Tisch stand, setzten sich Agathe und Ral. Isa ging an den Küchenofen und rührte den Eintopf um.

Kurze Zeit später wurde die Tür geöffnet und ein großer stattlicher Mann reifen Alters kam herein. Sein Haupthaar leuchtete unnatürlich weiß. Dass Ral sein

Sohn war, konnte man nicht übersehen. Schweigend setzte er sich an die Stirnseite des Tisches. Mea setzte sich vorsichtig an die Seite ihres Vaters, genau gegenüber von Ral. Der schaute fragend seinen Vater an. In seinem Gesicht konnte man nichts lesen, was auf seine Gemütsverfassung hätte deuten können. Ral sah zu seiner Schwester. Diese hob nur die Schultern. Isa kam mit dem Eintopf zum Tisch, stellte ihn in die Mitte und begann, das Essen zu verteilen.

„Konntest du alles erledigen?", wollte Isa von ihrem Mann wissen.

„Ja." Das war alles, was sie zu hören bekam.

„Wir haben einen Gast. Es ist Agathe und sie wird eine Weile bei uns bleiben", sagte Isa vorsichtig, aber bestimmt.

„So?"

„Agathe, das ist mein Mann Feston. Feston, das ist Agathe", stellte Isa die beiden vor.

„Es fehlt noch das Brot. Würdest du es bitte holen?"

„Oh ja, ich habe es ganz vergessen."

Isa holte das Brot und setzte sich Agathe gegenüber. Ein kleines Lächeln huschte über Isas Gesicht und Agathe fühlte sich als ihre Verbündete. Isa schloss die Augen, auch Ral, dann Feston und Mea. Ihre Hände nahmen sie vom Tisch. Zusammen sprachen sie: „Mutter Erde, habe Dank für deine Güte und Kraft. Mögen wir immer deine Kräfte und Gaben nutzen dürfen. Beschütze und bewahre uns! Mutter Sonne, spende uns immer dein Licht und deine Wärme. Erlaube uns, deine Energie zu nutzen. Danke!"

Agathe probierte den Eintopf. Er war lecker. Der Brotkorb wurde von einem zum anderen gereicht und jeder brach sich ein Stück ab.

Agathe spürte einen Blick auf sich ruhen. Sie schaute auf und direkt ins Gesicht von Feston. Seine weißen Augenbrauen ließen die tiefblauen Augen intensiv leuchten. Die leicht gebogene Nase verlieh ihm ein Raubvogelgesicht. Agathe musste innerlich über ihre Vorliebe schmunzeln, einem menschlichen Gesicht ein Tiernamen zu geben.

Hoffentlich brüllt er nicht los und macht mir und Ral Vorwürfe, dachte Agathe. Sie wären berechtigt, aber nutzlos, denn es war nichts mehr rückgängig zu machen und natürlich hoffte sie zu bleiben.

Ohne seinen Blick von Agathe zu wenden, sagte er: „Ich werde euch keine Vorwürfe machen, aber dich, Ral, möchte ich nach dem Essen in meinem Arbeitszimmer sehen."

Agathe war es unbehaglich zumute. Standen ihr ihre Gedanken so deutlich ins Gesicht geschrieben?

Mea setzte eine Siegermiene auf. „Hab ich es dir nicht gesagt? In deiner Haut möchte ich nicht stecken. Schleppst eine von denen an. Was soll sie hier? Sie hat hier nichts zu suchen. Wie bist du eigentlich auf die andere Seite gekommen?"

Ral ließ die Fragen unbeantwortet. Das tat Mea aber keinen Abbruch, um weiter ihrem Frust Luft zu machen.

„Aber du weißt ja immer alles besser. Und nie wirst du für deinen Ungehorsam bestraft." Sie redete sich so in Rage, dass sie alles andere um sich herum vergaß. Zum

Schluss knallte sie ihre Faust auf den Tisch und kippte dabei ihren Teller um. Entsetzt über ihre eigene Reaktion, ließ sie sich auf den Stuhl fallen.

„Es reicht! Ich möchte dich ebenfalls im Arbeitszimmer sehen, nach Ral", befahl Feston scharf.

Feston erhob sich und ging durch die Tür zwischen den Schränken.

„Feston!", sagte Isa „Bedenke bitte, es sind Kinder. Sei nachsichtig!"

„Meine Nachsicht hat irgendwann auch einmal Grenzen." Feston schloss die Tür zu seinem Arbeitszimmer sehr geräuschvoll.

Mea und Agathe räumten den Tisch ab.

Ral blieb noch sitzen und meinte: „Heute wird es ernst."

„Das kannst du laut sagen", stimmte Mea ihm zu. Sie kniff die Augen zusammen. „Und alles wegen ihr." Mit einer eindeutigen Kopfbewegung zeigte sie auf Agathe, die unfähig war, überhaupt irgendetwas zu sagen.

„Lass Agathe aus dem Spiel. Jeder ist für sich selbst verantwortlich. Du hattest gar keinen Grund, dich am Tisch so zu benehmen."

„Ach, nein?"

„Nein."

„Immer schleppst du irgendjemanden hier an. Nie hast du Zeit für mich."

Das war es also, was Mea so wütend machte. Agathe kannte dieses Gefühl nur zu gut.

Mea, die sich von der Körpergröße her nur ein klein wenig von Agathe unterschied, zog einen Schmollmund.

Ral stand auf und nahm Mea in die Arme.

„Ich hab dich genauso gern wie früher. Aber ich denke, es ist an der Zeit, dass wir beide auch andere Menschen in unser Leben lassen. Das heißt aber nicht, dass man die, die man liebt, vergisst."

Das Einzige, was Mea sagte, war: „Hm."

„Das war wohl doch nicht so eine gute Idee, dass ich mit hierhergekommen bin", stellte Agathe fest.

„Ach, Quatsch!", kam es aus zwei Mündern, die Mea und Ral gehörten.

Das erste Mal, seit Agathe dieses Haus betreten hatte, strahlten ihre Augen und ein klein wenig umspielte ein Lächeln ihre Lippen.

**

„Ral, du solltest jetzt zu deinem Vater gehen", forderte Isa ihn auf.

„Gut. Warte hier auf mich, Agathe. Wenn ich von Vater komme, zeige ich dir unser Dorf." Mit diesen Worten ging Ral in das Arbeitszimmer.

„Was wird Feston mit Mea und Ral machen?", wollte Agathe von Isa wissen.

„Ich weiß es nicht. Aber es sieht ganz danach aus, dass beide eine Strafe erhalten werden."

„Wird sie schlimm ausfallen?"

„Im schlimmsten Fall müssen sie vor dem Rat der Sieben erscheinen. Aber soweit wird es bestimmt nicht kommen."

„Wer oder was ist der Rat der Sieben?", fragte Agathe, die nun endlich ihrer Neugier freien Lauf lassen konnte.

„Der Rat der Sieben besteht, wie der Name verrät, aus sieben weisen Männern unserer Gemeinschaft und sie haben die Aufgabe, darüber zu wachen, dass jeder Einzelne sich an unsere Gesetze hält. Kleinigkeiten werden in der Familie geregelt. Wir leben im Einklang mit der Natur. Das heißt, wir leben mit ihr und von ihr. Jeder hat die Aufgabe, die Pflanzen und Tiere zu achten, zu schützen und zu pflegen. Jeder hat den anderen zu respektieren und deren Bitte um Hilfe nicht abzuweisen. Es darf nicht gestohlen werden und niemand darf sich am Gemeineigentum bereichern. Alle neuen Erkenntnisse, egal auf welchem Gebiet, stehen der Allgemeinheit zur Verfügung. Jeder muss etwas erlernen und ausüben, was seine Lebensgrundlage darstellt z. B. die Schmiedekunst oder Kräuterkunde. Die Kinder erhalten eine grundlegende Ausbildung auf verschiedenen Gebieten und jede Altersgruppe muss eine Prüfung ablegen und mit Bestehen darf ein bestimmtes Wissen oder Geheimnis angewendet oder erlernt werden. Der Rat trifft wichtige Entscheidungen für unsere Siedlung und ist Bewahrer unseres Wissens und unserer Geheimnisse. Und er beschützt uns. Im Groben gesagt, ist der Rat der Sieben unsere Kraft und unsere Regierung."

Isa wandte sich ihrer Arbeit zu, als die Tür des Arbeitszimmers sich öffnete und Ral heraus kam.

„Und?", fragte Mea.

„Die große Kräuterscheune wartet auf mich. Außerdem muss ich drei Mondphasen lang den Mist zum Lagerplatz schaffen."

Mea grinste unübersehbar.

Als Mea aus dem Arbeitszimmer ihres Vaters kam, war ihr Gesicht wie versteinert.

„Was ist los mit dir? Kann ich dir irgendwie helfen? Nun sag doch was!", forderte Agathe Mea auf.

Ral erkannte sofort, was los war.

„Sie wird dir nicht antworten. Ihre Strafe ist das Schweigen. Eine sehr wirkungsvolle Strafe, wenn man bedenkt, dass sie gern redet. Wie lange darfst du nicht sprechen?"

Mea zeigte mit den Fingern eine Zwei.

„Zwei Stunden?", fragte Agathe. Mea schüttelte den Kopf. „Zwei Tage?" Mea nickte. „Das werden wir schon überstehen. Wir können trotzdem zusammen durch die Siedlung gehen. Das geht doch."

Mea schüttelte wieder den Kopf und schaute auf den Fußboden. „Wieso soll das nicht gehen?", wollte Agathe wissen.

Mea ging zum Schrank und holte ein Blatt Papier und einen Stift. Sie schrieb:

Ich muss im Stollen der Einsamkeit Edelsteine suchen, zwei Tage.

„Ein Stollen in einem Bergwerk?"

Mea nickte.

„Allein?"

Mea nickte wieder.

„Das ist ganz schön hart. Ich komme mit, denn wenn ich nicht hierhergekommen wäre, wäre das alles nicht passiert und du bist nicht allein."

„Das ist eine mutige Entscheidung von dir. Ich akzeptiere sie."

84

Agathe drehte sich erschrocken um. Hinter ihr stand Feston in voller Größe. Sie hatte ihn gar nicht kommen hören.

„Ihr erhaltet einen großen Proviantkorb und übernachten werdet ihr in der Hütte in der Nähe des Stolleneinganges. Übermorgen Abend vor Einbruch der Dunkelheit erwarte ich euch mit eurer Ausbeute in meinem Arbeitszimmer. Jeo wird gleich hier sein. Ich habe ihn rufen lassen. Er bringt euch hin und zeigt euch alles. Isa, mach bitte den Korb fertig!"

Isa stellte einen großen Weidenkorb auf den Tisch. Sie verstaute darin zwei Wasserschläuche, zwei Brote, Obst, Gemüse und zwei Stück Trockenfleisch. Den Korb deckte sie mit Tüchern ab. Agathe schaute noch einmal in den Korb. Isa kam ganz dicht an sie heran.

„Ich glaube, ich habe alles", und leise sagte sie zu Agathe, die es kaum verstand: „Schaut gründlich nach!"

„Jeo wartet schon auf euch. Einen Rat noch. Verschließt nachts eure Hütte."

Agathe schaute hilfesuchend zu Ral.

„Jeo ist mein Freund. Er wird euch gut führen. Auf ihn kannst du dich verlassen. In zwei Tagen sehen wir uns wieder." Ral nahm Agathe in den Arm und drückte sie sanft. So wäre sie gern noch eine Weile stehen geblieben, aber es war Zeit aufzubrechen. Wenn Agathe es nicht versprochen hätte, wäre sie geblieben, aber sie stand zu ihrem Wort.

***

„Gebt mir den Korb. Und du bist Agathe?", fragte Jeo,

der stämmige junge Mann.

Agathe nickte und war erstaunt, dass er ihren Namen kannte.

„Ich glaube, jeder in der Siedlung weiß von dir. Da habt ihr euch eine schöne Strafe eingehandelt. Na, dann wollen wir mal. Mindestens zwei Stunden Fußmarsch haben wir vor uns."

Jeo hängte sich den Korb um und ging los. Mea und Agathe atmeten tief durch und marschierten hinter ihm her. Auf der Anhöhe schaute Agathe zurück. Ral winkte ihnen hinterher. Es schmerzte sie, zu sehen, wie der Abstand zwischen ihnen immer größer wurde.

„Sag mal Agathe, gibt es wirklich bei euch Fuhrwerke aus Metall? Solche mit vier Rädern und Sitze vorn und hinten und eine Menge Technik im Inneren?"

„Ja, wir nennen sie Autos. Es gibt verschiedene Modelle. Auch welche ohne Dach, die nennt man Cabriolet."

Den ganzen Weg fragte Jeo Agathe Löcher in den Bauch. Über manche Fragen wunderte sie sich oder musste herzhaft lachen. Sie gingen durch kleine Wälder, vorbei an Feldern und Wiesen. An einer Koppel rasteten sie und nach kurzer Zeit setzten sie ihren Weg fort. Nach einer Weile betraten sie einen zugewucherten Wald.

„Wir sind gleich da. Zweihundert Meter im Wald ist der Stollen."

Sie gingen schweigend in den Wald hinein. Er sah sehr urwüchsig aus und glich den Wäldern, die Agathe aus ihren Urzeitbüchern kannte. Der Boden war mit unterschiedlichen Pflanzen zugewachsen. Am Wegesrand standen Mammutbäume mit einem Stamm, den nicht einmal fünf Männer umfassen konnten. Die Sonne hatte Mühe, durch das Blattwerk ihren Weg zu finden. Agathe fröstelte. Sie fühlte sich nicht wohl in dieser Umgebung. Am liebsten wäre sie wieder umgedreht, aber sie hatte Mea versprochen, mit ihr gemeinsam die Strafe zu verbüßen. Die Kälte kroch bis in den letzten Knochen. Mea sah auch nicht gerade begeistert aus. Ihr Gesicht war blass und den Kopf zog sie zwischen die Schultern.

Von Weitem sahen sie die Hütte. Eigentlich war es eine schäbige Bretterbude, nicht gerade einladend.

„So, da wären wir. Ich zeige euch erst einmal die Hütte", sagt Jeo.

Er drückte die Türklinke runter und schob die Tür auf. Sie knarrte fürchterlich. Im Inneren war es staubig und im Windzug bewegten sich unzählige Spinnweben. Jeo öffnete die Fensterläden. Ein paar Sonnenstrahlen schafften es in die Hütte, aber das machte die Umgebung nicht freundlicher. In der Hütte standen ein altes Bett, ein Stuhl, ein Tisch, ein schäbiger Schrank und ein verrußter Küchenofen. Nirgends konnte sie eine Lampe oder etwas Ähnliches entdecken. Na, das kann ja heiter werden, dachte sie.

„Ich hole euch noch etwas Holz herein. In der Nacht wird es sehr kalt hier und ich rate euch, die Fenster und die Tür zu schließen."

„Wieso sollen wir alles verschließen? Sollten wir noch etwas wissen?", fragte Agathe Jeo.

„Ihr seid allein und die Siedlung ist meilenweit entfernt. Ihr wisst nicht, welche Kreaturen hier im Wald leben und schaut euch doch mal um. Hier bleibt man doch nicht länger, als unbedingt nötig ist, oder?"

Jeo hatte recht. An diesem Ort blieb man wirklich nicht länger als nötig.

***

„Im Schrank findet ihr das Handwerkszeug. Teilt es euch!", sagte Jeo.

Mea öffnete den Schrank und holte eine Spitzhacke, eine Schaufel und einen Eimer heraus. So ausgerüstet gingen sie mit Jeo in den Stollen. An den Wänden im Abstand von wenigen Metern hingen Fackeln. Kurz bevor sie eine erreichten, entzündete sich diese.

„Das ist ja merkwürdig. Die Fackeln gehen von allein an", staunte Agathe.

„Wenn ihr den Stollen verlasst, verlöschen sie wieder. Ihr braucht es gar nicht erst zu versuchen, sie mitzunehmen. Sie funktionieren nur im Stollen. Kommt weiter! Es sind nur noch ein paar Meter. Hier sind wir schon. Das ist die Arial, wo ihr graben müsst. Hoffentlich findet ihr was. Ich drücke euch die Daumen. So, nun muss ich gehen." Damit drehte sich Jeo um und ging. Seine Schritte hallten nach.

„Nach was für Edelsteinen suchen wir eigentlich?"

Mea zuckte mit den Schultern. Ihre gelähmten Stimmbänder ließen keinen Laut zu.

„Na, dann mal los. Vielleicht finden wir was, das man für einen Edelstein halten könnte."

Sie begannen, das Gestein mit den Spitzhacken zu bearbeiten. Mit den Händen durchsuchten sie die abgeschlagenen Brocken. Nichts sah im Entferntesten nach einem Edelstein aus.

Als sie Durst verspürten, machten die Mädchen eine Pause. Die Luft war kalt und schmeckte nach Staub.

„Wie spät wird es sein? Wir sollten zur Hütte gehen. In der Dunkelheit weiß man ja nie, wer sich hier noch einfindet."

Mea nickte zustimmend. Wenn Agathe nicht gerade sprach, war es gespenstisch still. Plötzlich hörten sie ein Geräusch, so als ob sich jemand vorsichtig schleichend näherte. Agathe stand auf und nahm sich ihre Spitzhacke. Sie hielt sie so, dass sie jederzeit, wenn nötig, zuschlagen konnte. Auch Mea bewaffnete sich.

„Du hast es doch auch gehört, oder?"

Mea nickte. Agathe spürte in ihrem Nacken einen warmen Hauch. Sie bekam Angst.

„Ist hier wer? Ich spüre, dass hier jemand ist. Was soll das?"

Meas Augen weiteten sich so, dass das Weiße hervorstach. Schweißperlen glitzerten auf ihrer Stirn.

Jede suchte die Nähe der anderen. Agathe zuckte zusammen. Irgendetwas streifte ihren Arm. Mea konnte es nicht gewesen sei. Sie stand auf der anderen Seite und hielt in beiden Händen die Schaufel.

„Zeit zum Gehen. Meinst du nicht auch?"

Ihre Werkzeuge ließen sie zurück und gingen, ohne sich umzudrehen, zum Ausgang. Das Echo ihrer Schritte folgte ihnen. Waren es wirklich nur ihre eigenen, die sie hörten?

***

Draußen war es dämmrig. Ohne zu zögern, gingen sie in die Hütte. Das Lüften hatte nicht viel geholfen. Es war immer noch stickig und muffig darin. Mea begab sich zum Küchenofen und begann das Feuer zu entfachen. Agathe mühte sich unterdessen mit den Fensterläden und den Fenstern ab. Entweder klemmten sie oder ließen sich nicht richtig schließen. Endlich hatte sie es geschafft. Zur Sicherheit wurde von ihr die Tür verriegelt. Der Schließmechanismus schien dem Mittelalter entsprungen zu sein. Die Dunkelheit schürte ihr beklemmendes Gefühl zusätzlich. Sie mochte finstere und unbekannte Orte nicht. Wenigstens spendete der Küchenofen ein wenig Licht und nicht nur das, auch Wärme und Behaglichkeit.

„Ich werde den Tisch säubern und dann können wir den Korb auspacken. Ich stelle den Tisch an das Bett, so kann einer von uns auf dem Stuhl sitzen und der andere auf dem Bett."

Mea nickte.

„Vorhin hatte ich richtig Angst. Du auch? Ich hätte schwören können, dass noch jemand im Stollen war. Aber ich habe niemanden gesehen und doch habe ich es ganz deutlich gespürt. So was Verrücktes." Agathe hatte während ihres Monologes den Korb ausgepackt. Sie erinnerte sich an Isas Worte. Also schaute sie noch einmal gründlich nach. Sie wurde fündig.

„Schau mal Mea, Isa hat uns Kerzen eingepackt. Na, Gott sei Dank. Da können wir uns ein bisschen Licht machen. Hier sind noch Papierblätter und ein Stift. Großartig!"

Agathe zündete eine Kerze an, ließ das Wachs auf

einen Teller, den sie beim Ofen gefunden hatte, tropfen und stellte die Kerze darauf. Das Gleiche machte sie mit der zweiten und einer dritten Kerze. Jetzt sah der Raum nicht mehr so gespenstisch aus.

Mea nahm sich das Papier und schrieb:

Ich hatte große Angst. Wir müssen morgen Edelsteine finden. Unbedingt!

Mea schob ihr das Papier zu und Agathe las es.

„Wenn ich bloß wüsste, wie die Steine aussehen müssen. Vielleicht haben wir welche übersehen. Geschliffen würde man sie leicht finden, aber in der Natur? Du bist genauso ratlos, nicht wahr?"

Mea nickte und setzte sich kraftlos auf den Stuhl. Agathe nahm auf dem schäbigen Bett platz.

„Wir sollten etwas essen und dann schlafen. Morgen wird es anstrengend. Da du nicht reden kannst, werde ich ein Tischgebet sprechen."

Agathe faltete ihre Hände und senkte ihren Kopf. Mea tat es ihr gleich.

„Wir danken für das Essen und das Dach überm Kopf." Agathe ließ noch ihre Hände gefaltet. Sie wusste nicht, wie sie enden sollte. Zu Hause wäre es kein Problem gewesen, aber hier. Gibt es hier auch einen Gott, ihren Gott? Schnell sagte sie: „Amen."

Das Holz im Ofen knisterte. Ein Geräusch, welches ihr Geborgenheit und Wärme vermittelte und an Opa Aaron erinnerte.

Mea und Agathe ließen es sich schmecken. Beide hingen ihren Gedanken nach. Ab und zu war das Knarren des Stuhles zu hören. Als sie fertig gegessen hatten, räumten sie die Reste in den Korb zurück.

„Wir müssen uns das Bett teilen. Welche Seite willst du, die an der Wand oder die zum Tisch zu?"

Mea zeigte an die Wand.

Agathe untersuchte das Bett. Es bestand aus massivem Holz. Das große Kopfkissen war aus Leinen und mit Heu gefüllt. Als Nächstes schaute sie sich die Matratze an und fühlte ihre Festigkeit. Und dann gab es noch eine Decke aus einem kratzigen Stoff. Na hoffentlich wärmt sie und es befinden sich keine Flöhe darin, dachte Agathe.

Mea legte im Ofen Holz nach. Dann ging sie zum Bett, stellte ihre Schuhe davor und rutschte an die Wandseite. Agathe legte sich dazu. Das Heu raschelte an ihrem Ohr. Der Duft, den das Kopfkissen verströmte, ließ Agathe an eine feuchte Sommerwiese denken. Sie zog die Decke bis zum Kinn und bemerkte, dass Mea ebenfalls an der Decke zog und ihr ein Stück davon wegnahm. Wenn das so weitergeht, dann werden wir wohl beide frieren, sagte sich Agathe und rutschte weiter unter die Decke. Sie legte ihre Hand seitlich unter das Gesicht. Einen Moment später wünschte sie Mea eine gute Nacht.

Agathe schlief schnell ein. Kurze Zeit später wurde sie heftig am Arm gerüttelt. Erschrocken setzte sie sich auf. Mea legte ihr den Finger auf den Mund. Jetzt hörte sie es auch.

Trockene Äste knackten.

Ein dumpfer Schlag.

Dann ein Stöhnen.

Die Mädchen saßen wie versteinert auf dem Bett. Irgendjemand lief um die Hütte. Agathe stand leise auf.

Mea hielt sie am Arm fest, aber Agathe schüttelte ihn weg und ging zum Schrank. Sie holte die Spitzhacke heraus und stellte sich mitten in den Raum. Die Schritte verstummten. Es kratzte an der Wand. Agathe zitterte vor Angst. Mea suchte Schutz unter der Decke. Die Schritte bewegten sich weiter. Jetzt blieben sie direkt vor der Tür stehen. Agathes hielt den Stil fest in der Hand. Die Türklinke wurde langsam nach unten gedrückt. Agathe holte aus und blieb in dieser Position. An der Tür rüttelte und klopft es.

„Agathe, Mea macht auf! Ich bin es, Ral."

Agathe ließ erleichtert die Spitzhacke sinken und öffnete die Tür.

„Bist du verrückt, uns solch eine Angst einzujagen!?", fauchte sie Ral an.

„Ist ja gut. Leg erst einmal die Hacke weg. Das sieht ja gefährlich aus. Im Dunkeln habe ich die Tür nicht gefunden. Gestoßen habe ich mich auch."

„Was machst du hier?", fragte Agathe.

Mea sah gespannt zu ihrem Bruder.

„Vater schickt mich. Ich soll die Nacht bei euch bleiben. Eigentlich hätte ich schon viel früher hier sein sollen." Ral setzte sich auf den Stuhl.

„Möchtest du etwas essen?", wollte Agathe wissen.

„Danke! Ich bin nicht hungrig. Morgen früh können wir zusammen frühstücken. Danach muss ich wieder zurück. Ich werde die Nacht über wach bleiben und darauf achten, dass das Feuer nicht ausgeht und ihr ruhig schlafen könnt. Also legt euch hin."

„Kann ich dich etwas fragen?"

„Ja."

„Im Stollen hatten wir das Gefühl, dass noch jemand da war. Weißt du, wer es gewesen sein könnte?"

„Jeo hat euch hierher gebracht. Vielleicht war er es", erwiderte Ral.

„Jeo war mindestens zwei Stunden weg. Das Komische ist, dass wir niemanden gesehen haben. Wir hörten Schritte und ich spürte einen warmen Atem in Nacken. Dann berührte mich etwas am Arm."

„Vielleicht war es Mea", meinte Ral.

„Mea stand auf der anderen Seite von mir. In beiden Händen hatte sie ihre Hacke. Hier passieren schon komische Sachen. Also, du weißt wirklich nicht, was es war?"

„Nein, schlaft jetzt!"

Für Ral war das Gespräch beendet. Er machte es sich auf dem Stuhl, so gut es ging, bequem, legte seine Füße auf den Tisch und verschränkte die Arme vor dem Bauch. Seinen Kopf ließ er entspannt auf die Brust fallen. Mit einem zufriedenen Gesicht betrachtete er die im Bett liegenden Mädchen. Kurz bevor Agathe einschlief, dachte sie noch: So wie der dasitzt, schläft er mit Sicherheit bald ein. Ein letzter Blick von ihr glitt über sein Gesicht, bevor das Reich der Träume sie verschlang.

***

Im Halbschlaf hörte Agathe, wie Ral aufstand und zum Ofen ging. Sie blinzelte. Ral schürte das Feuer und legte Holz nach. Er tat gut daran, denn selbst mit Decke fröstelte sie etwas. Plötzlich hielt er inne. Er lauschte. Sein Blick wanderte zu den Mädchen. Agathe gab zu erkennen, dass sie wach war. Ral legte seinen Zeigefinger an die Lippen. Er lauschte wieder. Agathe hörte, wie Äste zerbrachen. Ein schnaufendes Etwas näherte sich der Hütte. Ein Grunzen und Stöhnen war zu hören.

Agathe zog die Decke bis ans Kinn. Ral stellte sich in die Mitte des Raumes und hörte intensiv auf die schaurigen Geräusche, die immer näher kamen. Aus seiner Hose holte er einen Lederbeutel heraus.

Anscheinend hatten die Sieren eine Vorliebe für diese Art von Beutel. Er ließ einen tiefblauen, faustgroßen Stein in seine Hand gleiten, den er mit beiden Händen hielt. Seine Augen waren geschlossen und seine ganze Konzentration galt dem Stein.

Das Grunzen war dicht bei der Tür. Nach der Lautstärke zu urteilen, musste es etwas Großes sein.

Ral begann Worte zu murmeln, die Agathe nicht verstand. Der Stein leuchtete in einem blauen Licht. Es verteilte sich gleichmäßig im Raum und schloss alles in sich ein wie eine Hülle. Es war ein magischer Moment, der sich fest ins Gedächtnis einprägte.

An der Tür wurde gerüttelt. Das blaue Licht gab ihr die Sicherheit, dass ihnen nichts geschehen würde. Sie fragte sich im Stillen, wie dies möglich sein konnte. Licht war Licht. Wie sollte Licht Sicherheit vermitteln?

Die unmenschlichen Geräusche entfernten sich langsam, bis sie ganz verschwunden waren.

Ral öffnete die Augen und steckte den Stein zurück in den Lederbeutel. Mit ihm verschwand das blaue Licht. Agathe wollte gerade fragen, was das zu bedeuten hatte, aber bevor sie etwas sagen konnte, schaute Ral sie an und schüttelte langsam den Kopf.

Er setzte sich, ohne ein Wort zu sagen, auf den Stuhl, legte seine Füße wieder auf den Tisch und ließ den Kopf auf die Brust fallen und atmete rhythmisch ein und aus, so als ob nichts gewesen war.

Diese Welt war wirklich anders. Agathe fiel in einen tiefen, traumlosen Schlaf.

Mea und Agathe erwachten fast gleichzeitig. Im Ofen loderte ein kräftiges Feuer und erwärmte den Raum. Die Kerzen, die Ral erneuert hatte, sorgten für Behaglichkeit.

„Guten Morgen! Habt ihr gut geschlafen?", fragte er.

„Guten Morgen! Was war das eigentlich in der Nacht, die furchtbaren Geräusche und das Licht?"

Während Agathe das fragte, deckte sie mit Mea den Tisch. Mea schaute fragend von einem zum anderen.

„Ich weiß nicht, was du meinst. Können wir frühstücken?", fragte Ral ausweichend.

Mea setzte sich aufs Bett, Ral auf den Stuhl und Agathe stellte sich den Korb so hin, dass sie bequem darauf sitzen konnte.

„So, es war also nichts? Ich weiß doch noch, was ich gesehen habe. Soll ich etwa geträumt haben?"

„Agathe! Was ist träumen? Was ist Wahrheit, Glauben, Illusion? Lass es gut sein. Es war ein schöner Traum."

„Das war es nicht", erwiderte Agathe trotzig. „Es war ein wunderbares Gefühl."

„Beschreib es mir!"

„Zuerst hatte ich Angst, schreckliche Angst. Als sich das Licht ausbreitete und wie ein Schutzschild alles einhüllte, fühlte ich mich sicher. Wie geht das?"

„Es war nur eine Illusion, ein Traum, ein Wunsch denken. Weiter nichts."

Ral senkte seinen Blick und sprach das Tischgebet: „Mutter Erde, habe Dank für deine Güte und Kraft. Mögen wir immer deine Kräfte und Gaben nutzen dürfen. Beschütze und bewahre uns! Mutter Sonne, spende uns immer dein Licht und deine Wärme. Erlaube uns, deine Energie zu nutzen. Danke! Lasst es euch schmecken!"

„Energie!!! Damit hat es zu tun. Stimmt's?"

Ral kniff die Augen zusammen und schaute Agathe durch einen winzigen Spalt an.

„Man muss nicht immer alles erklären. Ein Magier kann dich auch nur solange mit seiner Vorstellung verzaubern, wie du für seine Tricks keine Erklärung hast. Kennst du die Lösung, bist du zwar immer noch beeindruckt, aber nicht mehr so wie vorher. Es wird dann keine magischen Momente mehr geben."

„Stimmt! Nur war das keine Show. Du hast uns vor irgendetwas beschützt. Ich möchte wissen, wie und vor allem wovor?"

Ral stöhnte laut. „Wenn die Zeit für Erklärungen da ist, bekommst du die auch. Du kannst alles fragen. Dir wird niemand böse sein, aber erwarte nicht immer eine Antwort. Ich gebe zu, dass es bei uns Dinge gibt, die für dich ungewohnt sind. Genauso gibt es Dinge in deiner Welt, die zu verstehen mir sehr schwerfällt."

„Gut, ich habe verstanden. Welche?"

Ral zögerte, aber schließlich gab er seine Gedanken frei. „Auf der einen Seite gibt es bei euch enormen Reichtum, aber viele Menschen leben in Armut. Sie wissen nicht, was sie ihren Kindern zur nächsten Mahlzeit zu essen geben sollen oder sterben selbst an Hunger. Wenn der gesamte Reichtum eurer Welt aufgeteilt werden würde, hätte jeder genug und jeder könnte ein würdiges Leben führen. Sauberes Wasser steht nicht jedem Menschen zur Verfügung, dabei ist es die Grundlage allen Lebens. Eure technischen Errungenschaften sind soweit fortgeschritten, dass ihr Erkenntnisse über das Erbgut habt. Ihr erforscht das Universum, die Ozeane und jedes Bakterium. Obwohl Medikamente in ausreichender Menge vorhanden sind, sterben Menschen an banalen Krankheiten. Erkläre es mir!"

Agathe wurde verlegen. Sie hatte keine Ahnung, dass Ral genau Bescheid wusste.

„Ich kann es dir nicht erklären. Und ich kann es auch nicht ändern. Es ist, wie es ist."

„Du kannst es ändern, wenn du willst. Irgendjemand muss den Anfang machen. Du könntest das sein und ein Zeichen setzen."

„Du hörst dich wie Darius an."

Mea und Ral wechselten einen fragenden Blick.

Agathe fiel der Streit mit Opa Aaron und Darius wieder ein.

„Ist alles in Ordnung?", fragte Ral besorgt.

„Alles bestens! Ich habe gerade an zu Hause gedacht."

Agathe streckte sich und zog ihre Kleidung zurecht. Sie wollte nicht weiter an zu Hause denken und deshalb sagte sie: „Heute haben wir noch eine Aufgabe zu erfüllen."

***

Ral erhob sich und ging zur Tür. Er drehte sich noch einmal um.

„Ich wünsche euch viel Erfolg und verspätet euch nicht. Übrigens, ich fand es gut, dass du mit Mea hierher gegangen bist."

Eine leichte Röte konnte Agathe auf seinen Wangen sehen. Schnell sprach er weiter. „Das hat Feston sehr imponiert. Irgendwann wirst du vor dem Rat der Sieben stehen, Feston ist einer von ihnen, und dann ist es gut, wenn man schon mal einen Fürsprecher hat. Also, wir sehen uns heute Abend."

Er schloss die Tür, aber nicht ohne Agathe noch einmal anzuschauen, um ihr ein Lächeln zu schenken und was für ein Lächeln es war.

Die Mädchen packten die Speisen und Wasserschläuche zurück in den Korb.

Im Stollen angekommen entzündeten sich wie Tags zuvor die Fackeln von selbst. An der gleichen Stelle begannen Agathe und Mea erneut, die Steine mit der Hacke zu bearbeiten. Staub wirbelte auf und kitzelte in der Nase. Die Arbeit war schwer und sie gönnten sich nur wenige Pausen. Es sah so aus, als ob sie nichts finden würden. Nachdem ihre Hände zu schmerzen anfingen und sich die ersten Blasen bildeten, suchte sich jede einen Platz zum Sitzen. Sie hingen ihren Gedanken nach. Agathe bemerkte, wie unzufrieden sie war.

„Nicht ein einziger Stein sieht nach etwas Echtem aus. Wir können doch nicht ohne was zurückgehen. Und viel Zeit bleibt uns nicht mehr. Wir müssen weiter suchen."

Mea nickte und sah genauso erschöpft aus, wie sich

Agathe fühlte. Aber beide arbeiteten emsig weiter. Mea ließ ihre Hacke fallen und hob etwas Orangerotes auf. Mit ihrem Ärmel putzte sie es notdürftig sauber. Sie strahlte über das ganze Gesicht und tanzte um Agathe herum. „Zeig mal! Das sieht wirklich nach einem Edelstein aus. Na, Gott sei Dank!"

Mea legte den orangeroten Stein in den Eimer und sie suchten weiter. Kurze Zeit später fand Agathe einen leuchtend hellblauen Stein. Zur Abwechslung strahlte Agathe über das ganze Gesicht und tanzte herum.

Mea zupfte an Agathes Arm.

„Ja, ja. Schau mal, wie schön der ist. Er sieht genauso aus wie der von Ral. Jetzt haben wir zwei."

Mea zupfte wieder an Agathes Arm, aber dieses Mal kräftiger.

„Was hast du denn?"

Mea deutete an, dass Agathe still sein sollte und mit der anderen Hand zeigte sie in Richtung Ausgang. Von dort waren Schritte zu hören. Sie kamen ganz leise näher. Agathe beobachtete, wie eine Fackel nach der anderen flackerte. Aber es war niemand zu sehen.

„Wer ist da? Ich mache das Spielchen nicht mehr mit. Los zeig dich!", rief Agathe.

Keine Reaktion. Was anderes hatte sie auch gar nicht erwartet. Agathe bückte sich, hob einen Stein auf und warf ihn. Aus der Richtung, wo die Schritte zu hören waren, kam kein Laut mehr. Sie bückte sich noch einmal, hob mehrere Steine auf und warf sie in kürzeren Abständen in die gleiche Richtung. Beim letzten Stein war ein Stöhnen zu hören. Sie hatte getroffen. Die Luft begann zu flimmern und durchsichtige Konturen eines Menschen wurden sichtbar. Gleich darauf verschwanden sie wieder. Eilige Schritte bewegten sich zum Ausgang. Die Mädchen gingen rasch hinterher. Es war aber nichts mehr zu sehen oder zu hören.

„Ich möchte zu gerne wissen, wer das war und wie derjenige das macht. Tarnkappen und Tarnumhänge gibt es doch bloß im Märchen. Oder nicht?" Agathe schaute Mea an und diese hob ihre Schultern. „Ich muss schon sagen, hier passieren Dinge, die ich nie für möglich gehalten hätte. Wir sollten uns langsam auf den Weg zurück machen. Bist du einverstanden?"

Mea nickte und beide Mädchen griffen sich die Werkzeuge und verließen den Stollen.

***

In der Hütte verstauten sie die Werkzeuge sorgfältig im Schrank, aber nicht ohne sie vorher abgeputzt zu haben. Das Feuer im Ofen war schon lange erloschen, also mussten sie sich darum nicht mehr kümmern. Mea holte die Asche heraus und Agathe schloss die Fensterläden. Sie legte die Decke zusammen und platzierte sie am Fußende das Bettes. Den Proviantkorb schulterte Mea und Agathe wickelte die Edelsteine in einen Lappen, verschloss die Tür und die Mädchen nahmen den Weg zurück zur Siedlung.

Unterwegs erzählte Agathe von ihrem Opa und seiner Schnitzkunst, von Alina und ihrer Familie, von Vater, Björn und Mutter und natürlich von Darius. Agathe berichtete auch von ihrem Streit und wie leid ihr alles tat.

Die Zeit verging so schnell, dass sie erstaunt waren, schon in der Nähe der Siedlung zu sein.

„Was meinst du, wird dein Vater mit der Ausbeute zufrieden sein? Zwei Steine sind nicht gerade viel für zwei Tage."

Nach wenigen Metern erblickten sie das Haus von Meas Familie. Ral stand davor. Die Hände hatte er tief in den Hosentaschen vergraben und sein Lächeln wurde immer breiter, je näher sie kamen.

Ral nahm Mea den Korb ab. „Habt ihr etwas gefunden?"

„Ja. Hoffentlich auch das Richtige. Was wird jetzt passieren?", wollte Agathe wissen.

„Kommt erst einmal herein. Isa wartet auch schon auf euch. Es ist gut, dass ihr pünktlich seid. Vater legt großen Wert darauf. Seit einer Stunde ist er in seinem Arbeitszimmer."

Alle drei gingen ins Haus. Isa kam ihnen entgegen und umarmte die Mädchen.

„Schön, dass ihr wieder da seid. Geht es euch gut?"

Mea schüttelte den Kopf und Agathe wollte gerade beginnen zu erzählen, da spürte sie einen intensiven Blick von Ral. Sie schaute zu ihm. Er legte langsam den Zeigefinger auf die Lippen. Agathe verstand.

„Es geht uns ausgezeichnet. Das Essen war reichlich. Wir haben sehr gut geschlafen und hart gearbeitet. Und danke für die Kerzen."

Ral räusperte sich und sagte: „Es ist an der Zeit, zu Feston zu gehen. Vergesst eure Ausbeute nicht!"

Agathe wurde es etwas flau in der Magengegend.

Würde Feston mit Mea und ihr zufrieden sein oder würde er denken, dass sie faul gewesen waren, weil sie nur zwei Steine mitgebracht hatten? Wo sie noch nicht einmal wussten, ob es die waren, die Feston sich erhoffte.

Ral bemerkte ihr besorgtes Gesicht. Er ging zu ihr und nahm sie sanft in die Arme. Sie musste ihm unwillkürlich in die Augen schauen, tauchte ein und wünschte sich, dass es nie wieder aufhörte.

„Du warst so mutig, hierher zu kommen, und zu zweit habt ihr den Stollen der Einsamkeit überstanden. Du kannst alles schaffen, wenn du es willst. Du musst nur an dich glauben und Vertrauen haben."

Agathe spürte, wie ihre Wangen heiß wurden.

Mea nahm Agathe bei der Hand und zog sie von Ral weg. Hand in Hand gingen sie zur Tür des Arbeitszimmers. Mea klopfte kräftig an. Es war ein lautes „Herein!" zu hören. Sie öffnete die Tür und beide traten ein. Feston saß hinter einem großen, alten Schreibtisch, auf dem sich Bücher und Papiere stapelten. Er schaute kurz auf und sagte: „Setzt euch!" Dann vertiefte sich wieder in seine Arbeit.

Unterdessen schaute sich Agathe diskret um. Ein überladenes Bücherregal am anderen, dazwischen Regale mit allen möglichen Flaschen und Gläsern. Es wirkte wie eine Giftküche mit Bibliothek oder andersherum, eine Bibliothek mit Labor. Ein ungewöhnlicher Arbeitsraum, fand Agathe.

Mit der Zeit wurde ihr langweilig. Feston machte keine Anstalten, seine Arbeit zu unterbrechen. Agathe erhob sich und wollte sich die Bücher näher anschauen.

„Setz dich! Geduld gehört wohl nicht zu deinen Stärken", stellte Feston fest. Dabei sah er nicht auf und arbeitete weiter. Endlich war er soweit. Er schaute Mea in die Augen, dann in Agathes. Sie konnte seinem Blick nicht ausweichen und hatte das Gefühl, als dringe er in ihre Gedanken ein. Die letzten zwei Tage liefen vor ihrem geistigen Auge ab, ohne dass sie es wollte. War so etwas möglich?

„Wie ich sehe, habt ihr die zwei Tage gut überstanden. Nun zeigt mal, was ihr mitgebracht habt."

Agathe reichte Mea die eingewickelten Steine. Sie packte sie aus und legte die Gesteinsklumpen auf den Schreibtisch. „Zwei Steine für zwei Tage!", sagte er.

Agathe konnte nicht mehr an sich halten.

„Es ist nicht viel, aber wir haben hart gearbeitet. Sie haben vergessen, uns zu sagen, welche Steine wir suchen sollen und wie sie aussehen."

„Du hast nicht danach gefragt. Aber diese zwei sind recht brauchbar. Der hellblaue ist ein Lasurit. In Pulverform kann er zum Färben verwendet werden. Und der andere ist ein Krokoit. Ihn kann man gut zur Farbtherapie verschiedener Krankheiten einsetzen."

„Der hellblaue Stein, ist er nur als Farbstoff zu gebrauchen?", fragte Agathe.

„Wozu soll er, deiner Meinung nach, noch gut sein?", wollte Feston wissen.

So hatte es sich Agathe nicht vorgestellt. Sie wollte diejenige sein, die die Fragen stellte. Nur Mut, sagte sich Agathe.

„Ral hatte einen blauen Stein, gleich diesem hier. Er

war etwas dunkler. Ich glaube, dass er mit Hilfe des Steines ein Energiefeld aufgebaut hat, um uns zu beschützen. Kann das sein?"

„So, so, das tat er? Mea?"

Mea zuckte mit den Schultern.

„Sie kann es nicht wissen. Sie hat tief und fest geschlafen. Ich wurde von ungewöhnlichen Geräuschen geweckt. Wer ist um die Hütte geschlichen? Brauchten wir wirklich Schutz? Es war eine merkwürdige Situation und ich möchte wissen, was hier los ist."

Feston lehnte sich zurück. „Du gehst recht in der Annahme, dass Ral ein Energiefeld aufgebaut hat. Mit dem Stein allein schafft man es nicht. Dazu ist auch noch eine besonders starke mentale Kraft nötig. Um das, was du gesehen hast, zu schaffen, muss man Jahre üben, um es anzuwenden. Nicht jeder ist dafür geeignet. Beim letzten Mondwechsel hat Ral seine Prüfung abgelegt." Feston stützte seine Ellenbogen auf den Schreibtisch und verschränkte seine Finger.

„In Kürze wird er seine Ausbildung zum Heiler beginnen. Und irgendwann wird er meinen Platz einnehmen. So, nun genug der Erklärungen. Ihr könnt gehen."

Feston wollte sich gerade wieder seiner Arbeit widmen, da fragte Agathe: „Was ist mit Mea? Wann darf sie wieder sprechen?"

„Ach ja, das hätte ich beinahe vergessen."

Er stand auf und trat vor eines der Regale. Mit dem Zeigefinger ging er einige Flaschen ab, bis er die richtige gefunden hatte, und nahm diese heraus. Aus dem Schrank daneben griff er ein kleines Glas. Er füllte es mit der Flüssigkeit und reichte es Mea. Sie trank es in einem Zug aus.

Mea räusperte sich mehrmals und sagte: „Danke! Darf ich Agathe unsere Siedlung zeigen?"

„Natürlich! Und morgen werden wir über Agathes Zukunft nachdenken. Nun geht schon. Ich habe noch zu tun."

***

Die Tür wurde aufgerissen. Ral stürmte herein.

„Vater, komm schnell! Die Männer haben Dio schwer verletzt im Wald gefunden. Es sieht nicht gut aus."

„Sind die anderen schon da?"

„Ja, sie warten auf dich."

Feston und Ral rannten in einer Schnelligkeit hinaus, mit der Agathe nicht mithalten konnte.

„Jetzt kannst du den Rat der Sieben sehen. Beeil dich!", sagte Mea.

Auf dem kleinen Dorfplatz hatten sich einige Sieren eingefunden. Unter ihnen, Feston mitgerechnet, sieben ältere Männer. Sie standen direkt neben dem Verletzten. Sein Oberhemd war mit Blut durchtränkt.

Feston sprach die Frau, die neben Dio kniete, an.

„Nia, zerschneide das Hemd. Schnell, wir dürfen keine Zeit mehr verlieren."

Sie riss mehr, als dass sie mit einem Messer, welches sie aus der Gürteltasche nahm, schnitt. Dio blutete aus unzähligen großen und kleinen Wunden. Sein Stöhnen klang herzzerreißend.

Neben Mea und Agathe standen nun Ral und Jeo. Er sah ziemlich mitgenommen aus. Am Kopf hatte er eine Platzwunde. Sein Gesicht hatte jegliche Farbe verloren und er zitterte.

Ral sah Agathes fragenden Blick, beugte sich zu ihr und sagte leise: „Dio ist sein Vater und die Frau neben Feston ist Nia, seine Mutter. Der Rat der Sieben wird jetzt versuchen, seinem Vater zu helfen."

„Helfen? Wie?"

Ihre Neugier war geweckt. Sieben Männer stellten sich um Dio herum auf. Sie fassten sich an den Händen und bildeten einen Kreis. Ganz leise summten sie eine Melodie. Sie war monoton und in einer wohlklingenden Tonlage. Mit einem Ruck ließen sie ihre Hände los und dabei gingen sie langsam, mit fast schwebenden Schritten nach rechts. Der Kreis bewegte sich in gleichbleibender Geschwindigkeit, begleitet von dem Gesang.

„Wer sind die anderen sechs Männer?", wollte Agathe von Ral wissen.

„Sie gehören alle zum Rat der Sieben. Sei aber jetzt still. Wir dürfen ihre Konzentration nicht stören", zischelte er.

Die Männer hoben ihre Hände und führten sie über ihre Köpfe zur Mitte des Kreises. Die Bewegungen waren absolut synchron. Über dem Oberkörper von Dio ließen sie die Hände schweben. Er atmete ganz schwach. Seine Augen waren geschlossen. Der Rat der Sieben blieb abrupt stehen. Sie traten ganz nah an den Verletzten heran und ihre Hände deckten die Wunden ab. Aus der Melodie wurde ein leises Brummen. Lange blieben sie so stehen. Einer nach dem anderen nahm seine Hände vom Oberkörper weg und trat einen Schritt zurück.

Agathe konnte Dio wieder sehen. Die Haut auf seiner Brust war unnatürlich weiß und glatt. Nicht eine Wunde konnte Agathe entdecken. Dio begann sich zu bewegen.

„Bleib still liegen!" Feston winkte ein paar Männer heran. „Tragt ihn vorsichtig nach Hause! Nia, du bleibst bei ihm. Ich komme später nach."

Die herbeigerufenen Männer trugen Dio nach Hause, begleitet von seiner Frau.

Agathe war unfähig, sich zu rühren. Das Gesehene überstieg ihre Vorstellungskraft. Da lag vor ihren Augen ein halbtoter Mann und sieben Männer vollbrachten an ihm ein Wunder, denn anders konnte Agathe das nicht bezeichnen. Was waren das für Menschen, die zu so etwas in der Lage waren? Zuerst hatte Agathe gedacht, dass die Sieren ein primitives Volk wären, aber sie hatte sich getäuscht. Allmählich verstand sie, was das Besondere an ihnen war. Die Sieren waren in die Geheimnisse der Natur eingedrungen und nutzten Kräfte, von denen Agathe keine Ahnung hatte. Was könnte man alles damit bewirken? Aber was würden die Menschen in ihrer Welt mit diesem Wissen wohl anfangen?

***

Agathe wurde aus ihren Gedanken gerissen.

„Du träumst ja! Mea möchte dir unsere Siedlung zeigen. Ich begleite Feston nach Hause und helfe ihm, die verschiedenen Kräuter und Säfte für Dio zusammenzustellen. Wir sehen uns dann später!"

Er strich ihr kurz über die Wange und schon war Ral bei seinem Vater. Die Heilung hatte alle Sieben an den Rand ihrer Kräfte gebracht. Sie sahen aus, als ob sie um Jahre gealtert wären. Feston musste von Ral gestützt werden.

„Solch eine schwere Heilung zerrt an ihren Kräften. Mach dir deswegen keine Sorgen. Morgen haben sie sich wieder erholt", sagte Jeo.

Er stand immer noch neben Agathe. Er war nicht mehr so blass und hatte auch aufgehört zu zittern.

„Geht es dir besser?", wollte Agathe von ihm wissen.

„Ja, es ist ja noch mal alles gut gegangen. Ich dachte, mein Vater muss sterben. Ein schrecklicher Gedanke. Leider gehört der Tod zum Kreislauf des Lebens. Und trotzdem, wenn der Tod kommt, vergisst man leicht, dass er zum Leben gehört."

„Was hast du eigentlich an der Stirn gemacht?", fragte Mea ihn.

Jeo wurde verlegen.

„Nun sag schon! Wir lachen auch nicht. Versprochen!", meinte Mea.

Jeo drehte sich um und ging weg. Beim Gehen sagte er: „Da konnte jemand besonders gut zielen."

„Habe ich das richtig verstanden? War das Jeo, den ich im Stollen mit dem Stein getroffen habe? Das ist ja ein Ding. Kaum zu glauben. Hat er eine Tarnkappe oder so was?", fragte Agathe.

„Ich kann dir die Frage nicht beantworten." Dabei scharrte Mea verlegen mit dem Fuß im Sand. „Komm, ich zeige dir unsere Siedlung. Es wird dir gefallen. Die

Heilung, die du vorhin gesehen hast, fand auf unserem Anger statt. Von hier aus führen die Wege strahlenförmig weg. Jede Familie hat ihr eigenes Haus. Dieses winzig kleine Häuschen dort drüben ist unser Gemeinschaftsbackofen. Jeden zweiten Tag wird eine größere Menge Brot zusammen gebacken. Geschlachtet wird auch gemeinsam, nur im kleineren Kreis. Meistens die Familien, die im gleichen Weg wohnen oder Nachbarn sind. Geräuchert wird bei Jeos Vater. Er ist Jäger und hat sich darauf spezialisiert. Das rote Haus dort vorn ist das Größte in der Siedlung. Da bekommen wir unsere Unterweisungen. Ich schlage vor, dass ich dir heute noch unsere Koppeln zeige", sagte Mea.

„Es ist alles sehr interessant und ganz anders als bei mir zu Hause. Weißt du, was mir aufgefallen ist? Eure Haare. Ich sehe rotes, blondes und weißes Haar, aber kein braunes oder schwarzes."

Mea zuckte mit den Schultern. „Ist halt so. Ich habe darüber noch nicht nachgedacht."

Sie folgten dem Weg, der zu den Koppeln führte. Vorbei an den schönsten Häusern, die Agathe je gesehen hatte. Zumindest hatte sie nichts Vergleichbares je gesehen. Keines glich dem anderen. Die kleinen Vorgärten waren liebevoll gestaltet. Überall gab es eine bunte Blumenpracht zu sehen. Katzen schlichen durch die Siedlung und Hunde tollten auf der Straße. Agathe erinnerte sich an ihr Dorf, wo die Hunde hinter dem Zaun auf dem Grundstück eingesperrt waren und einen so lange anbellten, bis man das Anwesen hinter sich gelassen hatte.

„Ich muss mit dem Rat der Sieben sprechen. Wie stelle

ich das an? Es ist wichtig!"

„Warum?", wollte Mea wissen.

„Ich muss dem Rat etwas übergeben. Besser gesagt, etwas zurückgeben. Ich habe es versprochen. Also, wie stelle ich es an?"

„Am besten gehst du zu Feston. Er entscheidet, ob es notwendig ist, alle Sieben zusammen zu rufen. Was willst du denn zurückgeben?" Mea sah sie dabei neugierig an.

„Ach, nichts weiter."

„Aha. Du willst wohl nicht darüber sprechen."

„Hm."

Agathe schaute über eine riesige Fläche Weideland. Auf den verschiedenen Koppeln waren Schafe, Pferde, Kühe, Ziegen und Esel. Durch das fruchtbare Land floss ein Fluss, der die Tiere ausreichend mit frischem Wasser versorgte.

„Ich sehe gar keine Schweine", stellte Agathe fest.

„Es sind nicht alle Tiere hier. Es gibt auch welche in der Siedlung. Vielleicht werde ich mich einmal mit der Zucht beschäftigen." Beide setzten sich an den Rand der Koppeln und schauten den Tieren zu. Die Jungtiere tobten ausgelassen herum. Die Muttertiere ließen sich nicht stören. Ein paar Männer waren mit der Fütterung beschäftigt.

Bis zum Abend verbrachten Agathe und Mea ihre Zeit auf den Koppeln. Die Männer, die sich um die Tiere kümmerten, bestiegen einen Pferdewagen und fuhren zurück in die Siedlung. Agathe und Mea sprangen hinten auf. Kurz vor der Siedlung kletterten sie vom Wagen und gingen das letzte Stück zu Fuß. Agathe schaute zu Meas Haus und suchte mit den Blicken den Eingang. Insgeheim hatte sie gehofft, dass Ral auf sie wartete. Sie war enttäuscht. Er stand nicht an der Tür. Dumme Gans, schimpfte sie sich aus. Ral hatte anderes zu tun, als ausgerechnet hier herumzustehen. Sie dachte viel an ihn. Eigentlich hatte sie sich noch nie für Jungs interessiert. Bei Ral war es anders. Seine Nähe war ihr angenehm. Sie mochte ihn und fühlte sich zu ihm hingezogen. Wenn sie an ihn dachte, dann hüpfte ihr Herz und alles um sie herum war farbenprächtiger und voller Musik. Wenn seine Augen die ihren suchten, kribbelte es im Bauch. Das musste das Verliebtsein sein, wovon die Erwachsenen sprachen.

***

Agathe und Mea betraten das Haus.

„Das ist gut, dass ihr kommt. Ihr könnt mir helfen. Feston und Ral sind noch einmal zu Dio gegangen. Das Brot muss aufgeschnitten werden und frisches Quellwasser muss geholt werden. Ich kümmer mich unterdessen um das Fleisch." Isa drehte sich dem Herd zu und hantierte mit der Pfanne.

Mea ging das Quellwasser holen. Agathe deckte den Tisch mit Geschirr und Besteck ein. Danach legte sie das von ihr geschnittene Brot in ein Weidenkörbchen. Als sie damit fertig war, kamen Ral und Feston herein. Perfektes Timing, fand Agathe. Sie setzten sich und Isa stellte eine Holzplatte mit dem Fleisch auf den Tisch. Vom Fleisch stiegen zarte Rauchwölkchen auf. Bevor jeder zugriff,

112

sprachen sie das Tischgebet.

„Und Agathe, wie gefällt dir unsere Siedlung? Ich gehe davon aus, dass Mea sie dir gezeigt hat?", fragte Feston.

„Es ist sehr schön hier. Es gibt einiges, was mich an zu Hause erinnert, und einiges ist mir fremd. Ich glaube, wenn ich eine Weile bleiben könnte, kann ich viel lernen. Natürlich nur, wenn ich darf und Ihr es mir erlaubt", antwortete Agathe.

„Ich möchte dich nach dem Abendbrot gern sprechen. Komm dann bitte in mein Arbeitszimmer. Mea könnte in der Zwischenzeit dein Zimmer vorbereiten", meinte Feston.

„Wo ist eigentlich mein Rucksack? Bevor wir zum Stollen gegangen sind, habe ich ihn neben das Bücherregal gestellt", fragte Agathe.

„Ich habe ihn schon in dein Zimmer gestellt. Soll ich ihn holen?", antwortete Isa.

„Nicht nötig. Sag mir, wo das Zimmer ist."

Jetzt mischte sich Feston ein.

„Ral kann es dir zeigen. Es liegt gleich neben seinem." Agathe merkte, wie ihr Gesicht zu glühen begann. Ihr Zimmer gleich neben seinem. So nah und doch so fern.

„Brauchst nicht gleich rot zu werden. Er schläft ja nicht in deinem Zimmer. Jeder hat sein eigenes", stichelte Mea und es schien ihr Freude zu bereiten, sie aufzuziehen. Ihr Mund formte ein schelmisches Lächeln.

„Ich werde schnell rot. Das hat nichts zu sagen. Außerdem mag ich euch alle, nicht nur Ral."

Sie hatte sich schon längst an das Rotwerden gewöhnt.

Man musste nur die passende Antwort parat haben, damit man dem anderen den Wind aus den Segeln nehmen konnte.

Nachdem die Mahlzeit beendet war, stand Ral auf und sagte zu Agathe: „Komm." Dann wandte er sich zu Mea. „Magst du uns begleiten?"

„Na, aber sicher. Oder denkt ihr, ich merke nicht, wie ihr euch anschaut, heimlich berührt und umarmt? Du kannst den anderen Mädchen schöne Augen machen, aber nicht Agathe. Sie ist meine Freundin."

Feston und Isa beobachteten die kleine Auseinandersetzung. Isa lächelte in sich hinein und Feston sah eher besorgt aus. Agathe fühlte sich hin und her gerissen. Sie musste die Initiative ergreifen, bevor ein handfester Streit entstand, der nicht mehr zu händeln war. Zwischen zwei Stühlen sitzen kann man bekanntlich nicht. Sie hatte beide gern. Mea war ihr zur Freundin geworden und Ral ließ ihr Herz höher schlagen. So stark, dass es ihr manchmal war, als ob es ihr den Atem raubte. Sie wollte die beiden nicht vor dem Kopf stoßen. Sie ging, ohne sie zu beachten, an ihnen vorbei und ganz langsam die Stufen hinauf.

„Hey, warte!", riefen Ral und Mea wie aus einem Mund. Agathe drehte sich um und sagte: „Ich bin kein Spielzeug. Man kann mich nicht aufteilen. Ich möchte kein Streitobjekt sein. Ich möchte einfach nur Agathe sein und ich möchte mit euch beiden zusammen sein." Mehr verlangte Agathe auch nicht.

Sie drehte sich um und stieg die Stufen hoch. Ral und

Mea gingen Agathe schnell hinterher.

Oben angekommen, sagte Ral: „Ich wollte eigentlich Mea nur etwas sticheln. Dich wollte ich damit nicht treffen."

„Mir tut es auch leid", sagte Mea kleinlaut. „Klar können wir alle Freunde sein." Mea umarmte Agathe.

Dabei sagte Agathe ganz leise: „Sicher werden wir beide eine andere Freundschaft haben als ich mit Ral oder du mit deinem Bruder." Agathe löste sich von Mea und gab Ral die Hand. Er zog Agathe an sich und drückte sie fest an seinen Körper.

„Gleiches Recht für alle!", hauchte er ihr ins Ohr.

Mea sagte scherzhaft: „Ich könnte mich auch in Ral verlieben, da er eigentlich nicht mein Bruder ist. Aber keine Sorge, er ist nicht mein Typ."

„Er ist nicht dein Bruder?"

Ral antwortete für Mea. „Na ja, als mein Vater Isa heiratete, war ich schon auf der Welt. Ich war gerade fünf Jahre alt. Meine Mutter starb zeitig. Isa war zu dem Zeitpunkt mit Mea schwanger. Trotzdem sind wir eine Familie. Man muss dazu nicht immer blutsverwandt sein. Es kommt auf die Einstellung an. Was für einen Vater würdest du dir wünschen? Einen leiblichen, der sich nie um dich kümmert und nie für dich da ist, oder einen Nennvater, der zu dir steht und immer für dich da ist? Sicher verstehst du, was ich damit sagen will."

„Ist bei euch alles in Ordnung?", rief Isa besorgt nach oben.

„Alles bestens!", antwortete Ral. „Wir zeigen Agathe ihr Zimmer."

Ral ging voran. „Das erste gehört Feston, das nächste ist Isas. Beide Räume sind miteinander verbunden. Dann kommt Meas. Unsere liegen an der Stirnseite. Das linke ist meines und das rechte ist deines. Und wenn man es genau betrachtet, liegt dein Zimmer genau zwischen unseren."

Er öffnete die Tür. Es war ein kleiner Raum. In ihm befanden sich ein Holzbett, noch unbezogen, ein Stuhl, ein Tisch und passend dazu ein Schrank. Neben der Tür stand ein kleiner schmaler Tisch mit einer Waschschüssel und einem Krug darauf. Genau darüber an der Wand war ein Spiegel befestigt. Es gab kein Bild an der Wand, keine Grünpflanzen. Agathe fand es dürftig eingerichtet und war froh, dass sie hier nur schlafen musste.

„Das Bad mit Abort befindet sich unten neben der Küche", erklärte Ral.

„Gut. Ah, hier ist ja auch mein Rucksack."

Er stand neben der Tür, Agathe hob ihn auf und warf einen kurzen Blick hinein. Der Lederbeutel und auch der Brief lagen oben auf. Agathe nahm beides heraus.

***

„Ich werde jetzt zu Feston gehen. Er sagte doch, nach dem Essen, nicht wahr?"

Mea und Ral nickten. Agathe lief den Gang zurück und die Treppe hinunter. Isa war mit dem Sortieren der Vorräte beschäftigt.

„Ist Feston in seinem Arbeitszimmer?", wollte Agathe wissen.

„Ja, ist er", antwortete Isa und drehte sich zu Agathe

um. „Ich weiß nicht, was Feston plant oder was du vorhast, aber wenn du mit Feston sprichst, bedenke immer, dass er ein Mitglied des Rates der Sieben ist. Er besitzt viel Macht."

„Ich werde es beherzigen. Muss ich noch etwas wissen?", fragte Agathe.

„Ral hätte dich nicht mitbringen dürfen. Wenn du wieder zurück willst, dann führt dein Weg über den Rat der Sieben. Er entscheidet über dein weiteres Schicksal. Egal, was du tust, denke immer zweimal nach. So nun geh, er wird schon warten."

„Hm, gut." Agathe ging zur Tür des Arbeitszimmers und klopfte an.

„Komm herein!"

Sie betrat den Raum. Feston stand an einem seiner vielen Regale und blätterte in einem Buch.

„Setz dich bitte!"

Agathe kam der Aufforderung nach und wartete geduldig. Das hatte sie mittlerweile gelernt und wusste, dass er Wert darauf legte. Feston schlug das Buch geräuschvoll zu und versuchte er es ins Regal zwischen den anderen Büchern zu quetschen. Dann nahm er hinter seinem Schreibtisch Platz. Er schaute Agathe lange an.

„Ich möchte, dass du unsere Gemeinschaft kennenlernst. Du könntest in einigen wenigen Bereichen eine oberflächliche Ausbildung erhalten. Das würden wir dir zugestehen. Du musst verstehen, dass du nicht all unser Wissen erhalten kannst. Die andere Möglichkeit wäre, dass du uns im täglichen Leben zur Hand gehst. Das heißt, du würdest Isa im Haushalt helfen, bei der Gartenarbeit und den Tieren. Du würdest mit mir und Ral Kräuter sammeln und beim Zubereiten der Elixiere und Tinkturen behilflich sein. So könntest du uns bei unserer Arbeit über die Schulter schauen. Du hättest einen umfassenden Einblick. Überlege es dir! Morgen beim Frühstück kannst du mir deine Entscheidung mitteilen. Du hast noch etwas auf dem Herzen?", fragte Feston freundlich, aber sehr eindringlich.

Agathe konnte sich des Eindrucks nicht erwehren, dass Feston genau wusste, was sie dachte.

„Ich habe einen Brief mitgebracht." Mit diesen Worten reichte Agathe Feston den Brief vom alten Helmar.

Er faltete ihn auseinander und begann zu lesen. Ab und zu schaute er auf und vertiefte sich gleich wieder in den Brief. Als er fertig war, legte er ihn auf den Schreibtisch. Agathe legte den Lederbeutel dazu. Er nahm ihn und langte hinein. Nachdenklich betrachtete Feston den blauen Stein.

„Ist er nicht wunderschön?", fragte Feston.

„Er ist sehr schön. Bei uns würde man ein Vermögen dafür erhalten. So sagte es jedenfalls Herr Heinrich. Und ich finde es gut, dass er ihn nicht verkauft hat. Er hätte es ohne weiteres tun können."

„Er hätte ihn gar nicht erst mitnehmen dürfen, dann wäre er nicht in diese Verlegenheit gekommen. Und jeder, der ungebeten zu uns kommt, geht so wieder, wie er gekommen ist und mit dem Versprechen, über seine Erlebnisse zu schweigen. So wie es aussieht, hat er sich weder an das eine, noch an das andere Versprechen gehalten." Feston stützte sich auf seinen Ellenbogen, verschränkte die Arme und reckte den Kopf in Richtung Agathe.

„Ja, das stimmt. Aber er ist ein alter, einsamer Mann, der seine Gedanken nicht mehr richtig ordnen kann. Niemand glaubt ihm. Viele halten ihn für verrückt. Ist es nicht ein hoher Preis dafür, dass er hier war und der Schönheit des Steins nicht widerstehen konnte?"

„Du bist ein kluges Mädchen. Helmar hat das einzige Richtige getan. Er hat ihn dir mitgegeben. Nur spricht ihn das von seiner Schuld nicht frei. Er ist ein Dieb und hat mein Vertrauen missbraucht." Feston verengte seine Augen und den Mund presste er hart zusammen.

Für Agathe war dieser Teil der Unterhaltung sehr unangenehm. Am liebsten wäre sie aufgestanden und gegangen. Er nahm die Schreibfeder zur Hand, tunkte sie ins Tintenfass und mit der anderen zog er ein Blatt Papier unter einem Stapel hervor.

„Also überlege dir, wie du dich in unsere Gemeinschaft einbringen möchtest. Geh jetzt! Ich habe noch zu tun."

Feston begann zu schreiben und signalisierte so, dass die Unterhaltung beendet war. Agathe wollte noch so viel fragen, aber sie erkannte, dass es unpassend gewesen wäre. Sie ging aus dem Arbeitszimmer und überlegte, wie sie sich nun entscheiden sollte. Reizvoll wäre das tägliche Leben, denn da wäre sie mit Ral zusammen. Ein verführerischer Gedanke, aber Feston wäre immer und überall allgegenwärtig. In seiner Nähe fühlte sie sich wie ein ertapptes, kleines Mädchen, welches ganz leicht zu durchschauen war.

***

„Agathe!", hörte sie ihren Namen rufen.

Sie drehte sich um. Wenige Schritte vor ihr stand Isa.

„Wie war es?"

„Ganz gut", antwortete Agathe vage.

„Ich habe dir einen Tee zubereitet. Er ermöglicht dir einen erholsamen Schlaf. Nur wer ausgeruht ist, sieht die Dinge klarer", sagte Isa.

„Danke! Eigentlich bin ich nicht durstig."

„Trink trotzdem! Er wird dir guttun. Glaube mir!"

Agathe nahm den Becher und trank. Der Tee war aromatisch, kräftig und süß. Um Isa nicht zu beleidigen, leerte sie den Becher bis zum letzten Tropfen und gab ihn ihr zurück.

„Ich werde mich jetzt waschen gehen! Zum Bad geht es hier lang, nicht wahr?" Dabei deutete Agathe in Richtung Treppe.

„Hinter der Treppe auf der linken Seite findest du die Tür. Dein Handtuch ist das blaue. Ich wünsche dir dann eine gute Nacht!"

Agathe ging hinter die Treppe und öffnete die Tür. Es verschlug ihr den Atem. Solch ein Bad hatte sie in ihrem Leben noch nicht gesehen. Das erste, was ihr auffiel, war, dass dieser riesige Raum nicht im Entferntesten wie ein Bad aussah, eher wie ein Dschungel. Überall befanden sich Grünpflanzen, sogar Wasser hörte sie rauschen. Direkt vor ihr sah sie eine naturbelassene Granitwand, an der das Wasser herabfloss. Die Wand war mit Pflanzen bewachsen. Am Fuß des Granitblockes befand sich ein ovales Becken, ebenfalls aus Granit, aber poliert. Dort staute sich das Wasser. Einen Abfluss konnte sie nicht entdecken, aber es musste einen geben, sonst wäre das Becken irgendwann übergelaufen. Agathe tauchte die Hand hinein und rechnete mit kaltem Wasser, aber es war angenehm warm. Es lud zum Baden ein. Kurzer Hand zog sie sich aus und stieg ins Wasser. Das war eine Wohltat. Sie schaute sich um. Neben dem Becken war ein Holzgitter vom Boden bis zur Decke befestigt. Natürlich dicht bewachsen. Sie konnte die Pflanzen mit der Hand berühren. Neugierig, was sich dahinter verbergen mochte, schob sie sie beiseite und sah einen kleinen Holzpavillon. In diesem stand ein Marmorgebilde, das einem herkömmlichen Toilettenbecken, wie es Agathe von zu Hause kannte, entfernt ähnelte. Ihr schräg gegenüber entdeckte sie zwischen zwei übergroßen Blumentöpfen eine kleine Säule, vielleicht etwas mehr als einen Meter hoch, und darauf eine Schale. Alles aus schneeweißem Marmor. Agathe vermutete, dass es sich um das Waschbecken handelte. An der Wand, die wie die übrigen Wände aus Sandstein bestand, hing ein Spiegel im Facettenschliff. Der Fußboden bestand aus einer einzigen, weißen Marmorplatte. Überall im Raum waren verschiedene Töpfe, Vasen und andere Accessoires verteilt. Aus welchem Material die Decke bestand, konnte sie nicht erkennen. Sie war aber in einem leuchtenden Azurblau gehalten. Kleine Lämpchen, angeordnet in Sternenbildern, erhellten den Raum. Gegenüber den anderen Räumen im Haus wirkte dieser hochmodern, fast wie aus einer anderen Zeit. Sie konnte keine persönlichen Dinge der Hausbewohner entdecken, wie Zahnbürste, Kamm oder Ähnliches. Auf dem breiten

Rand des Beckens lagen fein säuberlich die Handtücher. Darunter auch ein blaues. Mit diesem trocknete sich Agathe ab und zog sich wieder an. Der Fußboden fühlte sich mollig warm an, so als ob sich darunter eine Heizung befände. Das konnte sie sich nur schwerlich vorstellen, aber an dieses Bad könnte sie sich gewöhnen. Sie fragte sich, warum dieser Raum gar so anders war?

***

Sie verließ das Bad und im Vorbeigehen hörte sie laute Stimmen aus Festons Arbeitsraum. Agathe zögerte. Ihre letzte Lauschaktion bescherte ihr ein Kloß im Hals. Trotzdem ging sie zur Tür und drückte ihr Ohr daran.

„Das war kein einfacher Jagdunfall. Dios Oberkörper wurde regelrecht durchlöchert. Du musst etwas unternehmen. Wenn das nicht geklärt wird, müssen wir weiterhin in Angst leben. Beim nächsten Mal kann es ein Kind treffen."

„Du hast recht! Um etwas unternehmen zu können, brauche ich Gewissheit. Candela wird mir dabei helfen. Morgen Abend werde ich sie um Rat fragen."

„Wie nimmst du Kontakt mit ihr auf? Sie kommt doch nur, wenn sie will und nicht wenn wir sie rufen."

„Du hast recht. Aber bedenke, oft kam sie, ohne dass jemand an sie gedacht hat, und stand uns zur Seite. Ich werde morgen Abend zur Lichtung gehen, da wo sie uns in letzter Zeit erschienen ist. Ich werde meditieren und hoffen, dass sie kommt. Wenn nicht, muss ich den Rat einberufen."

„Gut."

Agathe hörte Schritte hinter der Tür. Sie drehte sich um und rannte in Windeseile die Treppe hinauf.

Gott sei Dank knarrte keine Stufe! Schnell ging sie den Gang hinunter bis zu ihrem Zimmer. Vorsichtig öffnete sie ihre Tür und schlüpfte hinein. Ganz außer Atem setzte sie sich auf ihr Bett und war froh, dass sie nicht erwischt wurde. Es wäre ihr sehr peinlich gewesen, wenn Ral mitbekommen hätte, dass sie gelauscht hatte, denn sie hatte seine Stimme herausgehört.

Die Sieren haben vor etwas Angst, schlussfolgerte Agathe. Vielleicht hatte Feston schon länger eine Vermutung. Sonst hätte er Ral nicht zur Hütte geschickt, um Mea und sie zu beschützen. So muss es gewesen sein, dachte Agathe.

***

Ihr wurden die Augen schwer, ebenso ihre Arme und Beine. Das Verlangen nach Schlaf wurde übermächtig. Isas Tee wirkte. Agathe kuschelte sich in das Bett. Die Decke zog sie bis zu ihrer Nasenspitze. Sie träumte von Edelsteinen, die sich in nutzloses Gestein verwandelten, und von Ral, der mit einem Schattenmenschen kämpfte, um sie zu beschützen.

Ein heller Schein kitzelte Agathe im Gesicht und sie erwachte aus ihrem Schlaf. Sie setzte sich auf und schaute aus dem Fenster. Der Mond war groß und hell. Gleich neben ihm sah sie einen kleineren, roten Planeten. Agathe war sich nicht sicher, ob sie träumte oder wach war. Sie rieb sich die Augen und schaute noch einmal gen

Himmel. Es war tatsächlich so. Ein Mond und ein Planet. So etwas sah sie zum ersten Mal. Es war beeindruckend. Zu Hause bei Vollmond war ihr Zimmer hell erleuchtet, fast taghell. Hier dominierte das rötliche Licht. Agathe bekam einen riesigen Schreck und ein markdurchdringender Schrei entfuhr ihr.

An der Wand neben ihr saß eine große Spinne und sie bewegte sich auch noch auf sie zu.

Türen öffneten sich. Agathes Name wurde gerufen und gleich darauf rüttelte es energisch an ihrer Tür.

„Agathe? Mach auf!" Es war Rals Stimme.

Agathe erhob sich vorsichtig vom Bett, immer die Augen auf dieses Tier gerichtet. Ganz langsam und rückwärts gehend erreichte sie die Tür und entriegelte sie. Ral betrat gleich darauf den Raum und fragte: „Was ist passiert?"

„Schau mal, an der Wand sitzt eine Spinne. Mach sie tot!", sagte Agathe.

Ral war mit wenigen Schritten bei der Spinne, nahm sie vorsichtig von der Wand und setzte sie sich auf seine Hand. Er drehte sich um und blieb vor Agathe stehen. Vor Agathes Augen begann sich der Raum zu drehen. Feston und Isa beobachteten die Szene.

„Agathe, darf ich dir Annandalia vorstellen, unsere Hausspinne. Die beste, die wir je hatten. Sie frisst das Ungeziefer und weckt uns, wenn ein größeres Tier ins Haus will. Sie sucht sich ihre Schlafgelegenheiten selbst aus. Zugegeben, sie ist etwas neugierig. Du kannst sie ruhig streicheln. Sie tut wirklich nichts."

Die Spinne auf Rals Hand saß ganz ruhig. Agathe

überwand ihre Scheu und streichelte die Spinne nur kurz, aber auch nur Ral zuliebe. Für Annandalia war es nun genug der Aufmerksamkeit. Sie versuchte zu entkommen. Ral hielt sie fest und ließ Annandalia erst auf dem Gang laufen. Glücklich über ihre wiedergewonnene Freiheit rannte sie davon. Feston und Isa gingen in ihre Zimmer zurück.

„Ich werde dann auch mal wieder ins Bett gehen. Annandalia wird dich heute bestimmt nicht mehr besuchen. Von deinem Schrei ist sie vor Schreck ganz grau geworden. Und übrigens, bei uns werden keine Lebewesen getötet, nur weil sie einem nicht gefallen oder weil man sie nicht mag. Dir fügt doch auch keiner Leid zu, nur weil er dich nicht leiden kann." Ral zwinkerte ihr zu.

Erleichtert schloss Agathe die Tür. Gedankenverloren schaute sie zum Mond und dem roten Planeten. Zu Hause gab es nun mal solche großen Spinnen nicht. Vielleicht im Urwald, aber nicht in Weinbach. Eine Hausspinne und alle tun so, als ob es das Normalste auf der Welt sei. Ich habe nun mal Angst vor Spinnen, dachte Agathe. Annandalia war wirklich kein kleines Exemplar. Sie hatte kaum Platz auf Rals Hand.

Agathe legte sich wieder ins Bett und ihr Blick wanderte noch einmal zum Himmel. Was für ein Kontrast. Mit diesem Gedanken schlief Agathe ein und erwachte, als die Sonne schon aufgegangen war. Nichts konnte sie abhalten, mit freudigen Gedanken den Tag zu beginnen.

***

Schnell zog sie sich an und begab sich nach unten. Isa hantierte in der Küche und wünschte Agathe einen guten Morgen.

„Hast du trotzdem gut geschlafen?"

„Ja, ausgezeichnet. Sag mal, was war das für ein Planet, der neben dem Mond?"

„Wir nennen ihn Ares. Den alten Überlieferungen nach wird es dieses Jahr ein fruchtbares Jahr. Durch sein Licht in der Nacht wächst alles besonders gut und auch wir sind harmonischer und glücklicher als sonst. Zumindest bilden wir uns das ein. Ob da nun wirklich was dran ist, weiß keiner genau. Trotzdem kann man sagen, dass Ares unser Leben beeinflusst. Ähnlich ist es wohl mit eurem Mond. So, du kannst mir ein bisschen helfen. Die anderen werden gleich unten sein."

Agathe hörte Schritte und Stimmen von oben.

Als sie alle bei Tisch saßen, wollte Feston von Agathe wissen: „Hast du dich entschieden?"

Oh je, daran hatte sie gar nicht mehr gedacht nach der Aufregung der vergangenen Nacht. Sie überlegte kurz.

„Na ja, beide Vorschläge hören sich gut an. Ich werde euch im täglichen Leben unterstützen. Ich bin mir sicher, dass ich so besser euch und euer Leben verstehen lerne", antwortete Agathe.

Ral lächelte und nickte ihr erfreut zu.

„Es ist eine gute Entscheidung", sagte Feston. „Nach dem Frühstück geht Ral zu Dio und bringt ihm eine Tinktur für seine Haut. Dann brauche ich für heute Abend einen Turmalin, einen besonders reinen und farbintensiven. Du wirst Ral begleiten. Und Ral, vergiss nicht, nach den Kräutern in der Trockenscheune zu schauen."

Nach dem Frühstück erhoben sich alle von ihren Plätzen.

„Ich hole noch schnell die Tinktur aus Festons Arbeitszimmer, dann bin ich soweit."

Keine zwei Minuten später war er wieder bei Agathe und in seiner Hand hielt er eine kleine, undurchsichtige Flasche. Ral reichte sie ihr.

„Halte sie fest. Sie muss handwarm sein, wenn ich die Flüssigkeit auf Dios Oberkörper auftrage. Komm!"

Er hielt Agathe die Tür auf und ging nach ihr hinaus in den Vorgarten. Agathe atmete tief durch und füllte die Lungen mit der klaren, würzigen Luft.

Sie gingen durch die Siedlung. An einem grünen Haus blieben sie stehen.

„Hier wohnt Jeo mit seiner Familie. Dann wollen wir mal sehen, wie es Dio heute geht", sagte Ral und klopfte an die Haustür.

Nia öffnete. „Kommt rein! Dio wartet schon auf dich. Er möchte unbedingt aufstehen, aber Feston hat ausdrücklich gesagt, dass er noch im Bett bleiben soll. Vielleicht bringst du ihn zur Vernunft." Mit diesen Worten ließ Nia beide herein.

Agathe war begeistert. Der Raum, den sie betraten, war hell und freundlich. Ein Kamin, in dem ein Feuer brannte, bildete das Kernstück des Raumes und an den Wänden hingen verschiedene Regale voll mit Büchern, Vasen, Krügen, Gläsern und anderen Dingen.

Nia ging voraus und gemeinsam stiegen sie die Treppe hinauf. Das erste Zimmer gehörte Dio. Nia klopfte an und betrat den Raum. Ral und Agathe folgten ihr. Alle Möbel in diesem Zimmer waren weiß gestrichen und die Wände erstrahlten im saftigen Grün. Im Bett saß aufrecht Dio und betrachtete seinen Besuch neugierig.

„Na, was sagt Feston? Wann kann ich nun endlich das Bett verlassen? Ich halte es hier drin nicht mehr aus."

„Immer mit der Ruhe. Erst einmal möchte ich deinen Oberkörper sehen. Zieh das Hemd aus!", sagte Ral.

Dio begann das Hemd aufzuknöpfen und schaute unentwegt Agathe an.

„Soll ich rausgehen?", fragte sie.

„Nichts da! Du bleibst hier. Wie willst du denn lernen, wenn du nicht dabei bist? Dio soll nur sein Hemd ausziehen. Weiter nichts. Nun mach schon! Wir haben noch andere Aufgaben zu erledigen."

Ohne ein Wort zu sagen, legte Dio das Hemd ab. Seine Brust war glatt, weiß und nicht behaart. Die Haut sah unnatürlich aus, wie Porzellan, zerbrechlich und fein.

„Man sieht, dass es tiefe Wunden waren. Du musst dich schonen. Überanstrengst du dich, könnte die Haut reißen. Der Rat der Sieben hat wirklich alles gegeben. Du hattest Glück, dass sie sofort zur Stelle waren. Ich werde noch ein bisschen von der Tinktur auftragen. Morgen kannst du zehn Minuten das Bett verlassen. An den folgenden Tagen hängst du jeweils fünf Minuten dran. Gearbeitet wird aber nicht! So, nun leg dich hin, damit ich beginnen kann."

Agathe reichte Ral die Flasche. Er öffnete sie, ließ ein paar Tropfen auf seine Hand fallen und begann ganz vorsichtig, die Brust mit der Flüssigkeit einzureiben. Ral verschloss die Flasche und gab sie Nia. Sie nahm sie und hielt sie wie ein Schatz in den Händen. Sie wusste wohl um die Kostbarkeit der Tinktur.

„Heute Abend reibst du ihn genauso ein, wie ich es eben getan habe. Eine Woche lang, morgens und abends. Das dürfte genügen. Ich komme noch einmal nach ihm schauen. Jetzt koche eine Kanne Tee. Aber von dem, den Feston dir gegeben hat. Den Tee trinkt Dio über den Tag verteilt."

„Ich will dieses scheußliche Zeug nicht trinken", sagte Dio bockig wie ein kleines Kind.

„Dio, es geht hier um deine Gesundheit. Kannst du dich eigentlich erinnern, wie es passiert ist?", fragte Ral nebenbei.

Dio wurde blass und ließ sich ins Bett fallen. Schweißperlen entstanden auf seiner Stirn und er spielte nervös mit seinen Händen. Agathe vermutete, dass Dio nichts dazu sagen würde. Nia sah besorgt von ihrem Mann zu Ral und wieder zurück.

Jetzt mischte sich Agathe ein. „Nach deinen Verletzungen zu urteilen, muss dir etwas sehr Schlimmes widerfahren sein. Mag auch sein, dass du dich nicht mehr erinnern kannst, aber jeder Hinweis ist wichtig. Dir konnte rechtzeitig geholfen werden, vielleicht hat der Nächste nicht so viel Glück."

Dios Augen hatten jeden Glanz verloren. Starr schaute er auf die Wand ihm gegenüber und spielte immer noch mit seinen Händen. Er begann leise zu erzählen.

„Es war grauenhaft und es tat so weh. Versteht ihr, es tat schrecklich weh. Ich spüre die Schmerzen immer noch. Es vergeht nicht eine Stunde, in der ich nicht daran denke. Ich möchte es einfach nur vergessen. Einfach vergessen." Dio schwieg. Die Stille war erdrückend. In Gedanken spürte Agathe selbst den Schmerz.

Er holte tief Luft. „Ich ging zur Jagd, wie immer. Vor ein paar Tagen hatte ich Hasen entdeckt. Es waren einfach zu viele und einen Hasenbraten hatten wir schon lange nicht mehr. Also entschloss ich mich, einige zu fangen. Auf dem Weg zur Waldwiese lag ein entwurzelter Baum. Ich wunderte mich, warum ein gesunder und kräftige Baum einfach so dalag. Während ich darüber nachdachte, fühlte ich mich beobachtet. Zum ersten Mal im Leben hatte ich Angst, richtige Angst, und es stank bestialisch. Es stank nach Verwesung und Dreck. Mir wird schon wieder ganz übel, wenn ich daran denke. diesen Gestank bekam ich nicht mehr aus der Nase. Ich hatte nur einen Gedanken: Ich muss weg hier, sonst erwartet mich was Schlimmes. Als ich mich umdrehte, stand ein zotteliges Etwas vor mir. Es war groß und sabberte aus seinem Maul. Ein Auge war normal und das andere befand sich weiter unten, blutunterlaufen, riesig und verschleimt. Die Nasenlöcher vibrierten und es lief gelbgrüne Rotze heraus. Diesen Anblick vergesse ich in meinem Leben nicht. Nie! ... Dann hörte ich hinter mir einen unmenschlichen Laut, ein Grunzen, und während ich mich umdrehte, sah ich nur einen Schatten und spürte einen wahnsinnigen Schmerz in der Brust. Ich hob die Hände, um mein Gesicht zu schützen, und kniff die Augen zusammen. Wieder und wieder wurde ich geschlagen, so als ob er nicht mehr aufhören konnte, wie im

Blutrausch. Ich dachte, es ist mein Ende. Dann schwanden mir die Sinne. Als ich wieder zu mir kam, sah ich den Rat der Sieben. Da wusste ich, es wird alles gut. An mehr kann ich mich beim besten Willen nicht erinnern. Das müsst ihr mir glauben."

***

Agathe und Ral verabschiedeten sich von Nia und betraten die Straße.

„Warum hast du nichts von Festons Treffen mit Candela gesagt? Sie soll euch helfen, oder?", fragte Agathe.

„Woher weißt du das?", wollte Ral wissen.

Oh, Mann! Jetzt habe ich mich verraten, schoss es Agathe durch den Kopf.

„Feston sagte, er würde sich mit Candela treffen", sagte sie nochmals, ohne Ral ansehen zu können. Die Peinlichkeit der Situation war ihr nur zu gut bewusst.

„Wann?", fragte Ral barsch.

Agathe schwieg. Sie fühlte sich elend. Am liebsten wollte sie im Erdboden versinken. Sie musste ihm die Wahrheit sagen.

„Ral, ich habe an der Tür vom Festons Arbeitszimmer gelauscht. Eure Stimmen waren so laut. Ich weiß, es war nicht richtig. Bist du mir böse?"

Agathe fixierte Rals Augen, damit er tief in ihrem Inneren erkennen konnte, dass sie die Wahrheit sagte. Manchmal helfen Worte nicht. Nicht umsonst wird gesagt, die Augen sind der Spiegel der Seele.

Ral schaute lange in ihre Augen. Sie wandte sich nicht ein einziges Mal ab und sie zwinkerte auch nicht. Sie musste seinen Blick standhalten.

„Ich glaube dir, aber mach es nie wieder. Verstehst du? Nie wieder! Vertrauen ist unsere Basis. Zerstöre sie nicht! Es ist ein unendlich langer Weg, das Vertrauen wieder herzustellen. Es gibt nichts, was eine solche Handlung rechtfertigen würde. Jetzt werden wir nach den Kräutern schauen und dann einen Turmalin holen."

Sie gingen schweigend den Weg hinunter bis zum Waldrand. Dort sah Agathe mehrere Scheunen. Ral zog einen alten Schlüssel aus seiner Hosentasche und schloss eine von ihnen auf. Der aromatische Duft der Kräuter umnebelte beide.

Agathe sah sich um. Die Scheune war in mehrere Etagen unterteilt. Von unten konnte man in jede von ihnen blicken. Überall befanden sich Stangen oder Seile, an denen die vielen verschiedenen Kräuter aufgehängt waren.

„Wir werden uns jede Etage vornehmen und kontrollieren, ob die Kräuter richtig hängen und gut trocknen können. Ich zeige dir, worauf du achten musst. Also pass auf, hier unten sind die Gewürzkräuter. Wenn sie richtig trocken sind, müssen sie rascheln. Sie hängen dichter als die, die noch nicht ganz trocken sind. Bei den unfertigen ist darauf zu achten, dass die Luft zirkulieren kann. Sonst vergammeln sie. Wäre schade um die mühsame Arbeit."

Ral machte sich an die Arbeit und Agathe schaute interessiert zu. Zu einigen erzählte er, wozu man sie gebrauchen konnte und wie sie gesammelt wurden. Währenddessen glitten seine Hände geschickt durch die Kräuter. Sie raschelten und entfalteten ihren einzigartigen

Duft. Andere blieben still. Diese rückte er hin und her und achtete ganz penibel auf die Abstände. Allein für den unteren Bereich benötigten sie eine gefühlte Stunde.

„Ich denke, jetzt kannst du allein gehen. Du hast gesehen, worauf es ankommt. Du fängst in der ersten Etage an und ich gehe ganz nach oben zu den Heilkräutern und arbeite mich nach unten durch. Irgendwann treffen wir uns. Das, was dir komisch vorkommt, markiere mit den roten Wollfäden, damit wir die Stelle wiederfinden. Hier hast du ein paar."

Sie stiegen die Holztreppe gemeinsam hoch. Agathe begann, die Reihen abzulaufen, und versuchte, genauso gründlich wie Ral zu sein. Schon nach kurzer Zeit schmerzten ihre Arme. Das wird morgen einen Muskelkater geben, dachte Agathe.

Sie musste nur zwei Wollfäden aufhängen. Alle anderen Kräuter schienen in Ordnung zu sein. Gleich waren sie fertig, dann musste sich Ral nur noch die zwei Reihen ansehen, die Agathe markiert hatte. In der Mitte dieser Etage trafen sie sich.

„Na, war es sehr anstrengend?", fragte Ral.

„Musst du das sonst immer allein machen?", wollte Agathe wissen und rieb sich die Oberarme.

„Nicht immer. Manchmal helfen Mea oder Jeo mit. Und? Wie viele Wollfäden sind es geworden?"

„Zwei."

„Zeig sie mir!"

Agathe ging voran. Nach einer Weile war ihr klar, dass sie sie nicht mehr wiederfinden würde. Bei jeder neuen Reihe dachte sie, hier bin ich richtig. Diese Scheune war wie ein Irrgarten.

„Ich finde mich überhaupt nicht mehr zurecht", gestand Agathe.

„Macht nichts! Wir werden die zwei Fädchen finden." Aus seiner Hosentasche holte er ein rotes Stoffknäuel heraus.

„Wozu soll denn das gut sein?", wollte Agathe wissen.

Ral lächelte vielsagend und legte es auf den Boden. Das Knäuel bewegte sich und rollte vor Agathes Füße. Dort blieb es einen Moment liegen und plötzlich kullerte es los. Sie mussten sich beeilen, um es nicht zu verlieren. Als sie in eine der nächsten Reihen einbogen, lag das Knäuel direkt vor ihnen bei dem roten Fädchen.

„Das ist ja toll! Wie hat denn dieses Knäuel die richtige Stelle gefunden?", wollte Agathe wissen.

„Ist doch egal. Hauptsache wir haben sie gefunden. Du hast recht, diese hier sind nicht in Ordnung. Wir müssen sie sofort hier rausbringen. Komm, wir nehmen sie ab und dann runter mit ihnen."

Gesagt, getan. Sie nahmen die Kräuter von den Halterungen und seilten sie ab. Dann suchten sie mithilfe des Knäuels das zweite Fädchen. Es war nicht weit von dem ersten. Auch diese Kräuter mussten abgenommen werden. Anschließend schafften sie sie zum Feuerplatz unweit der Scheune. Dort stapelten sie die Kräuter übereinander und zündeten sie an. Schnell schlugen die Flammen hoch. Es wurde unerträglich heiß und der aromatische Duft verbreitete sich rasch.

„Weißt du, es erinnert mich an zu Hause. Da wird jedes Jahr am dreißigsten April ein Hexenfeuer veranstaltet. Na ja, vielleicht ist das hier nicht ganz so groß", sagte Agathe.

„Wozu veranstaltet ihr das?"

„Symbolisch soll der Winter vertrieben werden."

„Aha, ein netter Brauch. Schade um die Kräuter. Wir müssen versuchen, sie zu ersetzen. Feston muss eine große Sammelaktion organisieren. Ungefähr eine Woche kann man sie noch sammeln, dann gehen sie in die Blüte über und besitzen nicht mehr so viel Wirkstoff wie jetzt. Wir warten noch, bis das Feuer runtergebrannt ist. Das geht schnell und dann schaufeln wir Sand drauf, damit es sich nicht mehr entfachen kann."

Das Feuer hatte für Agathe eine magische Anziehungskraft. Wie die Flammen züngelten und alles in sich einschlossen. Egal, was sie auch erwischten, es blieb nichts als Asche übrig.

***

„So, nun können wir den Turmalin holen."

Vertieft in ein Gespräch gingen sie wieder zurück. Ihr Weg führte sie durch die Siedlung hin zum kleinen Gebirge. „Gehen wir in die Höhle mit dem Kristallbogen?", wollte Agathe wissen.

„Nicht ganz, aber sie ist in der Nähe. Dort sind all unsere Mineralien und Edelsteine eingelagert, zumindest ein Großteil. Diese Höhle ist der ideale Lagerplatz: groß, dunkel und kühl. So behalten die Steine ihre Heilkräfte oder ihre spezielle Farbe. Du wirst es gleich sehen."

Sie erkannte den Weg wieder, der gesäumt war mit der Pflandelepflanze, gefolgt vom Farnkraut. Ral ging voraus und sprang von Stein zu Stein auf die andere Seite. Agathe balancierte und drohte auszurutschen. Ral reichte ihr seine Hand. Sie griff zu und gelangte trockenen Fußes an das andere Ufer. Ral zögerte etwas, aber schließlich ließ er ihre Hand los.

„Das war knapp! Danke."

„Keine Ursache, habe ich gern gemacht." Dabei zwinkerte er ihr zu und sagte: „Heute führt das Flüsschen mehr Wasser als sonst. Anscheinend hat es irgendwo geregnet."

Ein schmaler Weg zwischen Felswand und Fluss führte sie an einer Reihe von Höhlen vorbei. Aber keine schien es zu sein, denn Ral ging weiter, bis er mitten auf dem Weg Halt machte.

„Und wo ist denn hier eine Höhle?", fragte Agathe.

Ral stellte sich direkt vor die Felswand. Er holte seinen Lederbeutel aus der Hosentasche und öffnete ihn. Er ließ einen hellblauen Stein auf seine Hand fallen. Diesen umschloss er mit beiden Händen und blieb regungslos stehen. Agathe spürte ein Kribbeln auf ihrer Haut. Ein Teil der Felswand begann zu flimmern. Ral steckte den Stein ein und ging, als ob nichts wäre, durch die flimmernde Wand hindurch. Sie hörte Ral sagen, dass sie ihm folgen sollte.

„Hm, passiert mir auch nichts?", fragte sie skeptisch.

„Komm einfach!"

Sie streckte ihre Hand aus und versuchte die Wand zu berühren. Sie griff ins Leere und gleichzeitig fühlte sie eine Kühle. Wie ist das möglich? Sie wagte den Schritt durch die flimmernde Wand. Einige Fackeln loderten und erhellten die Höhle. Ein paar Schritte vor ihr stand Ral und lächelte sie an oder lachte er sie aus?

„Was grinst du so? Ich kenne so etwas nicht. Dir würde es nicht anders gehen."

„Ich würde dir vertrauen", ließ Ral sie wissen und stupste an ihre Nase.

Das machte sie ein bisschen verlegen. Agathe betrachttete noch einmal den Eingang. Sie konnte ungehindert nach draußen blicken. Innerlich lächelte sie über sich selbst. Sie musste wirklich komisch ausgesehen haben, wie man eben aussieht, wenn man versucht, ein *Nichts* zu berühren. Sollte es ein Nächstesmal geben, würde sie Ral vertrauen.

Agathe schaute sich um und sah viele Körbe, Kisten, in die Felswand gehauene Nischen und verschieden große Tische. Überall funkelten Steine. Trotzdem herrschte eine gewisse Ordnung. Im hinteren Teil befand sich ein großes Holzregal. In ihm lagen einzelne, ausgesuchte Steine. Agathe stellte fest, dass diese nach ihrer Farbe sortiert waren, von weiß bis fast schwarz.

„Hauptsache du weißt, wo wir den Turmalin finden. Hier sind tausende. Woher weißt du, welcher der Richtige ist? Was ist eigentlich ein Turmalin? Und wozu braucht Feston ihn?", wollte Agathe wissen.

„So viele Fragen auf einmal."

Ral strahlte sie an, spitzte den Mund. Der Kuss kam so unverhofft, wie der Übergang zu seiner Erklärung.

„Es ist alles sortiert, und zwar nach ihren Eigenschaften und wozu sie bestimmt sind. Ein Turmalin ist ein Mineral. Er ist ein Heilstein, kann als Schmuck getragen und elektrisch aufgeladen werden. Deshalb ist er so wichtig für Candela. Den Turmalin gibt es in allen möglichen Farbvariationen, aus diesem Grund ist er leicht zu verwechseln. Wir brauchen einen dunkelgelben. Hinten im Regal liegt einer. Ich habe ihn selbst dorthin gelegt. Sonst hätten wir eine Weile suchen müssen. Da ist er ja!" Ral ging einen Schritt auf das Regal zu und nahm ihn heraus. Er hielt ihn in das Licht einer Fackel. Das gelbe Licht der Fackel intensivierte die Farbe des Steins.

Agathe konnte sich kaum auf das Farbspiel konzentrieren. Immer noch spürte sie Rals Lippen auf ihren. Reiß dich zusammen! Sie blickte auf den Stein. Drei unterschiedlich große Säulen klebten aneinander. Im Schein der Fackel leuchtete er honiggelb.

Ral wickelte ihn in ein Stück Stoff und steckte ihn in seine Hosentasche.

„Feston muss den Turmalin aufladen, bevor er ihn Candela überreicht. Ich möchte mal wissen, wie er das macht."

„Was meinst du? Ob ich beim Treffen mit Candela dabei sein kann?", fragte Agathe.

„Das ist schwer zu sagen. Am besten fragst du ihn. Mehr als nein sagen kann er nicht. Und wenn er ablehnt, dann versuche nicht erst, hinter ihm her zu schleichen. Es hat keinen Sinn. Er wird es merken und dann möchte ich nicht in deiner Haut stecken."

Beim Verlassen der Höhle erloschen die Fackeln eine nach der anderen wie im Stollen der Einsamkeit. Als sie ein paar Meter vom Eingang entfernt waren, drehte sich Agathe noch einmal um. Sie konnte nicht mehr mit

Bestimmtheit sagen, wo sich der Zugang befand.

***

Im Rals Haus nahm sich Agathe ein Glas Wasser und ein Stück Brot. Sie hatte schrecklichen Hunger. Ral stand etwas unschlüssig da.

„Magst du gar nichts essen?", fragte Agathe mit vollem Mund.

„Doch. Schon", stammelte Ral. „Ich müsste zu Dio und zu Feston auch."

„Gib mir den Stein. Ich werde zu Feston gehen."

„Wenn du meinst", sagte Ral.

Er holte den Turmalin aus seiner Hosentasche und reichte ihn Agathe. Mit Schwung klopfte sie ans Arbeitszimmer und wartete. Es rührte sich nichts.

„Und du bist dir sicher, dass er da ist?", fragte Agathe.

„Ja."

Agathe drückte die Türklinke herunter und betrat den Raum. Ein komischer Anblick bot sich ihr. Hinter dem Schreibtisch lugte nur ein weißer Haarschopf hervor. Agathe ging um den Schreibtisch herum. Feston saß auf einem Teppich. Die Augen hatte er geschlossen. Seine Beine waren merkwürdig verschlungen. Sie wusste gar nicht, dass er so gelenkig sein konnte. Sein Oberkörper war nach vorn gebeugt. Kopf und Hals bildeten eine Linie und waren ganz starr. Agathe war sich sicher, dass man diese Haltung nicht länger als ein paar Minuten beibehalten konnte.

Sie räusperte sich. Feston regte sich nicht. Nicht einmal seine Augenlider zuckten. Irgendetwas hielt sie zurück, ihn direkt anzusprechen. Also hüstelte sie. Aber auch darauf reagierte er nicht. Sie setzte sich einfach zu ihm auf den Teppich, kreuzte ihre Beine übereinander und wartete. Den Turmalin legte sie vor sich hin und faltete ihre Hände wie zum Gebet. Ihre Augen wurden schwer und sie schloss sie. Ein angenehmes Gefühl durchströmte ihren Körper. Sie fühlte sich schwerelos und frei. Vor ihr breitete sich eine endlose Wüste mit einer Dünenlandschaft aus. Der Sand hatte die Farbe von Kupfer. Der blutrote Himmel war zum Greifen nah und sie sah den Mond und die Erde. Agathe wischte sich die Augen und schaute noch einmal zum Himmel. Ja, sie sah eindeutig den Mond und die Erde. Es gab keinen Zweifel. Ein paar hundert Meter von ihr entfernt stand ein Mann mit weißem Haar. Das konnte nur Feston sein. Sie musste unbedingt zu ihm. Ihre Beine spürte sie nicht und trotzdem bewegte sie sich vorwärts. Agathe schaute an ihrem Körper hinunter und musste feststellen, dass sie knapp über dem Sand schwebte. Bald war sie bei Feston. Er stand mit dem Rücken zu ihr, völlig regungslos und wartete. Sie räusperte sich. Feston drehte sich erschrocken um.

„Was machst du denn hier?" Irgendetwas brachte ihn aus dem Konzept, denn er sagte schnell: „Bleib direkt hinter mir und rühr dich nicht von der Stelle. Und vor allem, sage nichts. Nicht einen Ton möchte ich von dir hören. Verstanden?"

Agathe blieb fast das Herz stehen. Eine gigantisch rote Wolke kam auf sie zugerast und wirbelte den kupferfarbenen Sand auf. Kurz vor ihnen machte die Wolke halt.

Agathes Augen schmerzten und zwischen den Zähnen knirschte feiner Sand. Ihre Lungen stachen und wurden eng. Ein paar Herzschläge später konnte sie wieder frei atmen und eine tiefe rauchige Stimme sagte: „Du bist nicht allein wie sonst. Warum?"

„Verzeih! Agathe gehört zu mir. Sie stellt keine Gefahr dar."

„Es ist deine Entscheidung. Ich erteile euch die Genehmigung, mit Candela zu sprechen", sagte die rauchige Stimme aus dem Inneren der Wolke.

Im selben Augenblick durchzuckte ein greller Blitz Festons und Agathes Körper. Agathe fühlte sich wie nach einem Marathonlauf. Ohne ein weiteres Wort entfernte sich die rote Wolke in die gleiche Richtung, aus der sie gekommen war.

Feston drehte sich zu Agathe um. Schuldbewusst starrte sie zu Boden. Dabei bemerkte sie, dass auch Feston schwebte.

„Du hast Glück gehabt! Der Blitz hätte dich töten können. Schließ deine Augen! Wir müssen zurück."

Wieder spürte sie das angenehme Gefühl durch ihren Körper strömen. Sie wünschte sich, dass dieser Zustand immer bleiben möge. Sorglos und frei, das wäre toll.

„Agathe! Agathe! Wach auf!"

Sie öffnete widerwillig die Augen. Es war ein schöner Traum gewesen.

„Was hast du dir dabei gedacht? Du hättest sterben können", sagte Feston.

Agathe wusste in diesem Moment weder, wo sie sich befand, noch warum Feston ärgerlich war.

„Wie kommst du dazu, mir zu folgen?"

„Ich wollte Ihnen nur den Turmalin bringen. Sie saßen auf dem Teppich und regten sich nicht. Ich habe mich dazugesetzt und wollte warten. Ich hatte Angst, dass Sie es nicht mehr schaffen, den Turmalin aufzuladen. Und dann schloss ich einfach die Augen und der Traum begann."

„Es war kein Traum. Beinahe hättest du den Weg nicht mehr zurückgefunden. Dann wärst du verloren gewesen. Merke dir eins: Wenn ich dich nicht ausdrücklich in mein Arbeitszimmer bitte, hast du hier nichts zu suchen. Haben wir uns verstanden? Auch wenn deine Absichten noch so edel sind. Ral hätte dich davon abhalten müssen."

„Aber ihn trifft keine Schuld. Es war meine Idee. Nun brauch ich Sie wohl nicht mehr zu fragen, ob ich zum Treffen mit dieser Candela darf?"

„Du musst sogar mit, weil du *gezeichnet* wurdest. Ich sage dir, wann wir aufbrechen. Gib mir den Turmalin!"

Agathe ließ ihn in Festons Hand gleiten. Er dreht ihn hin und her.

„Der Stein ist ausgezeichnet."

***

Ral ging in der Küche auf und ab. Als er Agathe sah, blieb er stehen.

„Was habt ihr denn so lange gemacht?", wollte er wissen. „In der Zeit hätte ich dreimal zu Dio gehen können."

„Ich bin mit deinem Vater verreist. Um genau zu sein: Wir waren in einer roten Wüste. Von dort aus habe ich die Erde und den Mond gesehen. Vielleicht standen wir auf Ares. Schau nicht so ungläubig. Ich verstehe es selbst nicht. Um es kurz zu machen: Ich muss mit zum Treffen mit Candela."

„Ach!" Das war das Einzige, was er dazu sagte.

Schwungvoll wurde die Haustür aufgerissen und Mea stürmte herein.

„Was ist denn hier los? Was macht ihr denn für Gesichter?"

„Wir hatten einen sehr anstrengenden Tag und scheinbar ist er noch nicht zu Ende", erwiderte Ral und schaute verstohlen zu Agathe.

„Na, ihr könnt ja wieder mal ganz toll in Rätseln sprechen. Agathe, hast du Lust, mit mir durch die Siedlung zu gehen? Bei dieser Gelegenheit kannst du mir von eurem Tag erzählen", sagte Mea.

Schnell mischte sich Ral ein: „Das ist eine gut Idee. Ich muss sowieso noch zu Vater und ihm die Sache mit den Kräutern berichten. Dann werde ich sicher für Morgen für die Kräutersammelaktion etliche Leute organisieren müssen. Auf euch beide kann ich doch zählen, nicht wahr?"

Ral ging mit festem Schritt zum Arbeitszimmer seines Vaters und klopfte an. Nach einem kleinen Moment ging er hinein.

Als er die Tür geschlossen hatte, verließen Mea und Agathe das Haus. Sie schlenderten ziellos durch die Siedlung und unterhielten sich. Dabei erzählte Agathe, was sie so die Zeit über gemacht, erlebt hatte und wie beeindruckt sie von dem Knäuel war.

„Ich würde auch gern mit zum Treffen mit Candela. Von ihr habe ich viel gehört, aber ich habe sie noch nie gesehen. Weißt du schon, wann ihr sie treffen werdet?"

„Feston will mir Bescheid geben. Frag ihn doch einfach, ob du uns begleiten darfst. Mehr als nein sagen kann er doch nicht, oder?", meinte Agathe.

„Ich kann es ja probieren. Aber wie ich ihn kenne, darf ich nicht mit. Immer wenn mich was brennend interessiert, wird es mir verboten."

„Hm, weißt du, ich war neugierig auf Candela, aber das hat sich gelegt. Als der Blitz uns getroffen hat, war das sehr schmerzhaft. Dabei hat Feston das meiste abbekommen. Wer weiß, was mich heute Abend erwartet. Na ja, schlimmer kann es wohl nciht werden."

„Du mit deinen schlauen Reden. Wir werden wieder zurückgehen, sonst verpasst du deinen großen Auftritt, den du ja nicht willst."

Mea drehte Agathe den Rücken zu und ging langsam los. Agathe schaute ihr mit einer Mischung aus Verblüffung und Traurigkeit hinterher. Was hab ich denn nun schon wieder falsch gemacht, fragte sie sich. Schließlich folgte sie Mea.

***

Ruckartig riss Feston seine Tür auf.

„Agathe, es geht los!"

Erschrocken schaute Agathe zu Mea und dann zu Isa.

„Muss das Mädchen wirklich mit?", fragte Isa ihren Mann.

„Ja. Ich passe auf sie auf. Bei mir ist sie sicher. Candela

ist kein Monster."

Schnell mischte sich Agathe in das Gespräch ein.

„Kann Mea mitkommen?"

Feston starrte Agathe an. Sie sah seinem Gesicht an, wie angestrengt er überlegte. Gleich darauf entspannten sich seine Gesichtszüge und er sagte: „Na, meinetwegen."

Er legte seine Hand auf Meas Schulter.

„Du bleibst hinter uns und hörst auf meine Anweisungen."

„Feston! Jetzt auch noch Mea? Was geht hier vor?", fragte Isa.

„Nichts. Wenn Agathe möchte, dass Mea sie begleitet, dann soll es so sein. Mädchen, beeilt euch. Wir müssen los!"

„Was ist mit Ral?", wollte Agathe wissen.

„Du immer mit deinem Ral", pulverte Mea los.

Isa ging auf Agathe zu, strich ihr übers Haar.

„Ral benachrichtigt einige von uns, wegen der morgigen Sammelaktion. Geht jetzt! Feston wird sonst ärgerlich." Kaum hatte Isa das gesagt, hörten sie ihn laut nach ihnen rufen. Eigenartig, fand Agathe. Sie hatte Feston als einen eher stillen Sieren kennengelernt. Wo kam auf einmal diese Aufregung her?

Beim Verlassen des Hauses fiel Agathe Annandalia auf. Sie saß auf dem Fensterbrett. Agathe zwinkerte ihr zu und laut sagte sie: „Wir sehen uns später."

Wer weiß, was mich erwartet, fragte sich Agathe. Ich werde es überstehen. Schließlich habe ich auch mit einer Riesenspinne Freundschaft geschlossen. Es wird schon nicht so schlimm werden, redete sie sich ein. Trotzdem würde sie sich viel wohler fühlen, wenn Ral in ihrer Nähe wäre. In ihr stieg ein flaues Gefühl auf und sie spürte einen kleinen Stich im Herzen. Es krampfte sich zusammen und tiefe Traurigkeit umschloss sie. Irgendwann würde der Tag kommen, an dem sie wieder zurück in ihre Welt musste. Sie würde sich von Ral für immer verabschieden, ihn nie mehr spüren, ihm nie wieder nah sein. Das war ein unerträglicher Gedanke und Tränen stiegen ihr in die Augen. Noch war es aber nicht soweit.

Erst einmal stand ihr ein Treffen bevor.

Agathe beeilte sich, um nicht den Anschluss zu verlieren. Ihr Weg führte durch die Siedlung und dann in den Wald hinein, bis sie an eine Lichtung gelangten. Dort machten sie halt. „Wartet hier! Ich bin gleich wieder zurück", sagte Feston und verschwand im Dickicht.

„Na, dein Vater hat ja Nerven. Lässt uns allein stehen", sagte Agathe.

Hinter ihnen raschelte es. Blitzschnell drehten sich die Mädchen um. Erleichtert atmeten sie auf, als Feston hervortrat.

„Hier sind wir falsch. Kommt!"

Er hastete an den Mädchen vorbei. Wenige hundert Meter entfernt sahen sie die Sonne am Horizont. Ihre Strahlen blendeten Agathe. So weit das Auge reichte, war alles in ein leuchtendes Rot getaucht. Hier wuchs kein Baum und kein Strauch, nur Gras und Steine in allen Größen. Trotzdem lud diese Kulisse zum Verweilen ein und weil sich die Stille und die Abgeschiedenheit beruhigend auf ihr aufgewühltes Inneres auswirkten, entspannten sie sich.

Feston ließ sich auf einem Stein nieder und starrte in die Sonne. Es war schwülwarm und ein Hauch von Abenteuer lag in der Luft. Aber nichts deutete auf etwas Ungewöhnliches hin. Agathe und Mea setzten sich Seite an Seite ins Gras und warteten geduldig. Nach einer Weile des Schweigens rutschte Agathe hin und her. Dabei knisterten die trockenen Zweige unter ihren Füßen. Feston drehte sich zu ihr um.

„Es wird nicht mehr lange dauern."

Die Sonne war nur noch halb zu sehen, aber ihr Rot war intensiver geworden und ein leichter Wind kam auf. Agathe spürte ihn in ihrem Gesicht. Sie hatte das Gefühl, als ob ihr jemand über das Haar strich, ganz sanft. Die Gräser wiegten sich hin und her. Es hatte etwas von einer lauen Sommernacht.

Am Horizont erschien ein greller, weißer Ball. Feston erhob sich. Agathe und Mea standen ebenfalls auf.

„Ist sie das?", fragte Mea ganz leise.

„Möglich", erwiderte Agathe ebenso leise.

„Still jetzt!", mahnte Feston, ohne sich umzudrehen.

Der grell leuchtende Ball kam langsam näher. Der warme Wind wurde stärker und ihre Haare umspielten die Gesichter. Je näher der Leuchtball kam, umso mehr Sand wurde aufgewirbelt. Sie schlossen ihre Augen, um sie zu schützen. Plötzlich wurde es windstill und der Sand kam zur Ruhe.

Als sie ihre Augen öffneten, schwebte direkt vor ihnen Candela. Von ihr ging ein weißer Lichtstrahl aus und tastete erst Feston ab, dann Agathe und zum Schluss Mea.

Erst dachte Agathe, dass etwas zu spüren sei. Sie spürte aber nichts. Eine angenehme, weibliche Stimme sprach zu ihnen: „Ihr habt mich gerufen. Hier bin ich!"

Aus dem weißen Ball wurde ein gelber, dann formte sich eine zarte, fast zerbrechliche weibliche Gestalt. Das Gesicht war deutlich zu erkennen. Alles andere verschmolz mit dem Licht. So stellte sich Agathe eine Marienerscheinung vor. Das Gesicht war lieblich und makellos. Die langen Haare schimmerten golden. Alles um Candela herum leuchtete. Der Begriff Lichtwesen war berechtigt. Anders hätte sie diese Erscheinung nicht beschreiben können. Vielleicht trafen auch die Worte himmlisch oder außerirdisch zu. Fakt ist, dass diese Begegnung außergewöhnlich war.

Feston ergriff das Wort.

„Wir danken dir, dass du gekommen bist. Ich habe ein Geschenk mitgebracht."

Er holte den Turmalin aus seinem Umhang hervor und legte ihn vor Candela ab. Wieder kam der Lichtstrahl und tastete den Stein ab. Dann umschloss er den Stein und Candela nahm den Turmalin auf.

„Ein Geschenk, bevor ich euch geantwortet habe, und drei Personen, obwohl nur zwei die Erlaubnis erhielten?"

„Entschuldige! Die dritte Person ist meine Ziehtochter Mea. Sie wollte dich kennenlernen. Verzeih mir diese Eigenmächtigkeit."

Mea wurde nun intensiv von dem Lichtstrahl untersucht. Es schien kein Ende zu nehmen. Endlich zog sich der Strahl zurück.

„Nun höre, was ich zu sagen habe", sagte Candela.

„Das Erbe verändert sich stetig, bis nur Böses übrig bleibt. Euer Wissen, euer Glaube, eure Erfahrung und die nicht Dazugehörige können euch helfen. Die nicht Dazugehörige hat etwas Wertvolles. Ihr müsst es ihr nehmen, aber nur einen kleinen Teil, sonst stirbt sie. Gebt es den Veränderten. Dann ist die Angst besiegt."

„Kannst du dich nicht genauer ausdrücken? Die Zeit drängt", fragte Feston.

„Du weißt, dass ich von der nächst höheren Ebene komme. Ich darf mich nicht einmischen. Sicher hätte ich die Macht, eure Probleme zu lösen, aber mir wurden andere Aufgaben zugewiesen."

Candela drehte sich endgültig weg. Ihre Konturen verschwammen und wurden mit dem nun wieder weiß werdenden Leuchtball eins. Langsam schwebte sie der Sonne entgegen.

Agathe und Mea gingen zu Feston. Der sanfte Wind, der den dreien über die Haare strich, kehrte zurück. Der grelle Ball flog eine Schleife und blieb schwebend vor Agathe stehen. Im Inneren des Balls konnte sie das Gesicht von Candela sehen. Ihr Lächeln war zauberhaft. Candelas Lichtstrahl verharrte vor Agathes Füßen. Blitzschnell zog er sich zurück. Im Sand lag ein Amulett. Agathe hob es auf und drehte es hin und her. „Ist es für mich?", fragte sie unsicher.

„Ja. Wenn die Zeit gekommen ist, wird es dir nützlich sein."

Der Ball setzte sich wieder in Bewegung und schwebte dem Sonnenuntergang entgegen.

***

„Zeig mir bitte das Amulett", bat Feston Agathe.

Sie reichte es ihm und er betrachtete es genau. Er hielt es sogar der untergehenden Sonne entgegen.

„Es ist ein faszinierendes Stück. Du solltest gut darauf achtgeben und es immer tragen", meinte er und gab es Agathe zurück.

Das Amulett hing an einer feinen, aber stabilen Goldkette, war rund, blutrot und durchsichtig. Die Oberfläche war nicht eben, sondern unterschiedlich hoch erhoben. Die tieferen Stellen waren glatt und die höheren matt und rau. Etwas seitlich von der Mitte abgerückt war ein kleiner Diamant eingearbeitet. Wirklich, wie Feston es schon sagte, es war ein faszinierendes Stück. Mit diesem Gedanken legte Agathe es sich um. Mea zog einen Schmollmund.

„Wieso hat sie dir so was Schönes geschenkt? Sie kennt dich gar nicht. Mit uns Sieren ist sie verbunden und nicht mit euch Menschen."

„Candela tut nichts ohne Grund. Alles hat einen Sinn", erwiderte Feston.

***

Jemand rüttelte an Agathes Arm. Wo war sie? Was war los?

„Wach auf! Schlafen können wir zu Hause."

Es war Mea, die sie unsanft weckte. Agathe schaute sich um. Sie lag im Gras neben den Steinen. Hier hatten sie auf Candela gewartet.

„Was ist los? Wo ist Candela? Wieso habe ich geschlafen?", fragte Agathe.

„Ich glaube, das Warten hat uns müde gemacht. Schade, dass ich die Begegnung mit Candela verpasst habe. Ich wollte sie so gern kennenlernen. Vielleicht beim nächsten Mal."

Feston schaute sich die beiden Mädchen genau an und nickte zufrieden.

„Kommt, wir gehen nach Hause. Morgen früh müssen wir vor Sonnenaufgang in den Wald, um Kräuter zu sammeln."

Feston ging voran. Mea schwieg verbissen und Agathe dachte nach. Wieso sagte Mea, dass sie Candela nicht gesehen hatte? Sie war so wütend, als Candela ihr das Amulett geschenkt hatte. Irgendetwas stimmte hier nicht, ganz und gar nicht. Agathe spürte Festons heimliche Blicke.

Sie nahmen denselben Weg nach Hause.

Dort angekommen, fragte Ral: „Na, wie ist es gelaufen?"

„Ich bin beim Warten eingeschlafen. Frag Agathe", antwortete Mea.

„Candela hat uns ein Rätsel aufgegeben. Wenn wir es lösen, ist das Problem gelöst, und sie hat mir ein Amulett geschenkt. Schau mal!", sagte Agathe.

Ral trat näher an sie heran. Sie konnte seinen Atem spüren. Er nahm ihr das Amulett aus den Händen. Bei seiner Berührung durchzog ihren Körper ein Kribbeln. Da das Amulett um ihren Hals hing, konnte sie sich seiner Berührung und seiner Nähe nicht entziehen. Und wenn sie darüber nachdachte, wollte sie es auch gar nicht. Am liebsten hätte sie ihren Kopf auf seine Brust gelegt und dieses Gefühl der Zweisamkeit genossen. Ihm nah sein.

Ral betrachtete das Schmuckstück von allen Seiten.

„Es ist wirklich außergewöhnlich. Irgendwie erinnert es mich an Ares."

„Schau doch mal! Da ist ein kleiner Stein eingearbeitet. Was kann das sein?", wollte Agathe wissen.

Um den kleinen Stein näher betrachten zu können, kam Ral noch dichter. Agathe nutzte die Gelegenheit und hauchte leise in Rals Ohr: „Ich muss dich sprechen." Und laut sagte sie: „Kannst du erkennen, was es für ein Stein ist?"

„Er sieht ganz nach einem Diamanten aus. Wir können es prüfen, wenn du willst." Ral schaute sie fragend an.

„Später", sagte Agathe vielsagend.

„Also gut, dann *später*", erwiderte er und nickte ihr zu. Feston ging unruhig hin und her.

„Ich werde heute nicht zu Abend essen. Es gibt noch einiges für mich zu tun. Isa! Du brauchst nicht auf mich zu warten. Es ist gut möglich, dass ich die ganze Nacht durcharbeite."

Und schon war er in seinem Arbeitszimmer verschwunden. Der Hall der zuschlagenden Tür erfüllte die Stille. Isa schaute ihm einige Zeit nach.

***

„Sag mal, Agathe, vermisst du eigentlich dein Zuhause?", fragte Isa.

„Ja, schon, aber ich würde gern noch bleiben. Ich habe

euch alle sehr lieb gewonnen und es gefällt mir hier. Warum fragst du?"

„Ich dachte nur. Vielleicht macht sich deine Familie Sorgen um dich. Wissen sie eigentlich, wo du bist?", wollte Isa wissen.

„Ich glaube, sie können es sich denken."

Langsam wurde es Agathe unbehaglich. Wie kam Isa gerade jetzt darauf? Ich kann noch nicht nach Hause. Nicht jetzt!

Isa sprach weiter: „Je länger du bei uns bist, umso mehr lernst du. Mit diesem Wissen wird dich der Rat der Sieben nicht so einfach nach Hause zurückkehren lassen. Also, überleg es dir gut. Mit jedem Tag, den du verstreichen lässt, wird die Rückkehr in dein Leben schwieriger."

Mea mischte sich ein. „Solange ist sie nun auch wieder nicht da."

Ral schaute etwas besorgt. In seinem Gesicht konnte man deutlich sehen, dass er Isas Meinung teilte.

„Weißt du, vielleicht wäre es nicht verkehrt, wenn du einen Brief schreibst. Was meinst du?", fragte Isa.

„Warum nicht? Und wie gelangt er zum Empfänger?", wollte Agathe wissen.

„Lass das meine Sorge sein. Ich werde mich darum kümmern."

Agathe schaute sie zweifelnd an.

„Du kannst mir vertrauen. Ich mach das schon. Versprochen!"

„Also gut. Gibst du mir Papier und einen Stift?"

„Natürlich!" Isa stand auf und ging zum Regal neben der Tür. Dort lagen etliche Bögen Papier und auch einige

Stifte.

„Hast du auch noch einen Umschlag?", fragte Agathe.

„Einen Umschlag?"

„Ja."

„So etwas haben wir nicht. Geht nicht etwas anderes?", wollte Isa wissen.

„Dann gib mir noch einen Bogen Papier und Klebstoff. Eine Kerze tut es auch."

Isa gab ihr das Gewünschte und zwei kleine rote Steine. „Die sind wohl für die Kerze, oder?", fragte Agathe. „Entweder du zündest die Kerze mit einem Span an oder du benutzt die Steine."

„Und wie funktionieren sie?"

„Gibt es so was in deiner Welt nicht? Wie macht ihr eure Kerzen an?"

„Wir nehmen Streichhölzer oder ein Feuerzeug."

„Aha!", sagte Isa vielsagend. „Also, die Steine nimmst du in die Hand. In jede Hand einen und dann hältst du sie ganz dicht an die Kerze. Du schlägst sie aufeinander. Aber erschrick nicht, die Funken, die entstehen, sind sehr stark. In der Regel genügt ein Funke. Probiere es einmal!" Isa gab Agathe die beiden Steine und sie schlug sie mit voller Kraft aufeinander. Ein gigantischer Funke schlug ihnen entgegen.

„Man, was ist denn das für ein Teufelszeug!", entfuhr es Agathe.

„Du musst sie ganz vorsichtig aufeinander schlagen und dabei ganz dicht an den Docht halten. Probiere es noch einmal!"

Agathe versuchte es, aber es passierte nichts.

„Ein bisschen kräftiger, dann klappt es auch."

„Ich glaube, es geht schneller, wenn ich die Kerze mit einem Span anmache."

„Aber dann lernst du nicht, mit den Feuersteinen umzugehen. Du findest nicht überall ein Feuer, wenn du eins brauchst."

„Na gut."

Agathe positionierte sich und schlug die Steine aufeinander. Der Funke sprang in Richtung Kerze. Zuerst schien es, als ob es nicht geklappt hätte. Ein bisschen war sie schon enttäuscht. Sie hatte es sich einfacher vorgestellt. Doch plötzlich entzündete sich die Flamme.

„Du musst etwas Geduld haben. Man kann nicht gleich beim ersten Mal alles können. Ich wünsche dir eine gute Nacht und morgen werde ich mich gleich um deinen Brief kümmern."

„Okay. Gute Nacht!"

Agathe nahm das Papier, den Stift, die Kerze und die zwei roten Feuersteine und ging nach oben.

„Warte! Ich komme mit. Ich bin hundemüde", sagte Mea.

Sie stiegen die Treppe hinauf.

„Also dann, bis Morgen", sagte Mea und verschwand hinter ihrer Tür.

Agathe hörte noch, wie das Bett knarrte und es hinter der Wand still wurde.

Aber bevor ich den Brief schreibe, sinnierte Agathe, muss ich mit Ral reden. Sie blieb vor Rals Zimmer stehen und lauschte. Es war nichts zu hören. Leise klopfte sie an seine Tür. Nichts rührte sich. Sie versuchte es noch einmal, dieses Mal etwas lauter. Nichts. Dafür öffnete Mea ihre Tür.

„Was machst denn du für einen Lärm? Du willst jetzt noch zu Ral?"

Agathe war so überrascht, dass sie im ersten Moment gar nichts sagen konnte.

„Ich wollte Ral nur noch eine ‚Gute Nacht!' wünschen, aber er scheint schon zu schlafen."

***

Agathe stellte die Kerze auf den Tisch. Im gleichen Augenblick zuckte sie zusammen. Annandalia saß auf dem Fensterbrett und lief schnell aus dem Lichtkegel ins Dunkle.

„Na, du bist mir eine. Aber weißt du was? Du kannst mir ein bisschen Gesellschaft leisten."

Annandalia krabbelte in den Lichtkegel, sprang auf den Tisch und setzte sich neben die Kerze.

„Hast du mich etwa verstanden?"

Die Spinne blieb still sitzen.

„Vielleicht war das auch nur Zufall. Ral hatte ja gesagt, dass du neugierig bist."

Annandalia sprang auf, rannte zum Fensterbrett und krabbelte über die Wand zum Bett. Die Spinne ließ sich aufs Bett fallen. Agathe traute ihren Augen nicht. In ihrem Bett schlief Ral. Na so was, da kann ich ja lange an seiner Tür klopfen. Liegt einfach in meinem Bett und schläft. Vorsichtig setzte sie sich. Agathe hielt Annandalia ihre Hand hin. Schnurstracks kletterte sie rauf. Ganz leise sagte Agathe zu ihr: „Ich glaube, du verstehst mich."

Behutsam setzte Agathe die Hausspinne auf den Tisch.

„Du hast dich wohl mit Annandalia angefreundet", sagte Ral verschlafen. „Entschuldige, dass ich mich in dein Zimmer geschlichen habe. Ich wollte kein Aufsehen erregen. Mea reagiert in letzter Zeit ein bisschen über-empfindlich." Ral setzte sich dicht neben Agathe auf die Bettkante.

Sie tastete nach Rals Hand und hielt sie fest.

„Weißt du, mich beunruhigt das Treffen mit Candela."

„Was beunruhigt dich? Sie spricht immer in Rätseln. Mal sind diese einfach zu lösen, mal ist es etwas schwie-riger. Das Einzige, was außergewöhnlich ist, ist die Tat-sache, dass Candela dir das Amulett geschenkt hat."

„Das ist es nicht. Wir warteten, bis Candela erschien. Mea behauptet felsenfest, Candela nicht gesehen zu haben, geschweige denn, das Amulett zu kennen oder das Rätsel gehört zu haben. Sie war so sauer wegen des Geschenks. Das muss sie doch noch wissen. Da stimmt was nicht."

„Das ist wirklich eigenartig."

Stumm saßen beide nebeneinander. Ral stützte seinen Kopf in die Hände und Agathe spielte mit dem Amulett. Gedankenversunken umschloss sie es fest mit den Händen. Sie spürte, wie warm es wurde, fast schon heiß. Agathe öffnete ihre Hände, hob das Amulett in die Höhe und besah es sich genauer. Das Amulett leuchtete in einem tiefen Rot und aus dem Diamanten stiegen kleine Sterne auf. Es wurden immer mehr. Plötzlich waren Feston und Candela zu sehen.

„… löse das Rätsel!"

„Candela, wann sehe ich dich wieder?"

„Deine Wunden werden nie heilen. So oft du mich siehst, so oft werden sie aufreißen. Und bedenke, andere haben nicht diese Möglichkeit, wie du sie hast. Denke auch an Isa. Sie ist dir eine gute Frau und sie ist dir ebenbürtig. Unterschätze sie nicht!"

Jetzt war Mea zu sehen.

„Du scheinst ja Candela recht gut zu kennen und sie dich auch. Woher? Und wieso kennt sie Mutter?"

„Es ist eine lange Geschichte von noch vor deiner Zeit."

„Ich liebe lange Geschichten. Erzähle!"

„Nein, ich möchte nicht darüber sprechen."

„Du liebst sie wohl. Kannst aber nicht mit ihr zusammen sein, weil sie ein Lichtwesen ist und Mutter weiß alles. Nicht wahr?"

„Lass es gut sein. Jeder hat seine Vergangenheit und seine Geheimnisse. Wenn du alt bist, wirst du auch welche haben. Also gib Ruhe!", sagte Agathe im Flimmern.

„Nein, ich will es wissen! Du bekommst ein Geschenk, mein Vater kennt sie und ich weiß wie immer nichts. Findet ihr das nicht ungerecht? Warum habt ihr mich überhaupt mitgenommen? Ach, lasst mich doch in Ruhe."

Wieder Mea mit einer Stimme, die immer lauter wurde: „Da ist er schwer verliebt und kriegt sie nicht. Ach, wie schade und so traurig. Das tut mir richtig leid. Wie bedauerlich solch ein Herzschmerz. Und die andere ... pha ... da kann ich aber froh sein, dass ich niemandem zu Dank verpflichtet bin. Ich muss auch niemandem nachtrauern."

„Mea! Komm her zu mir! Ich werde dir jetzt eine Lektion erteilen. Du wirst nie wieder auf den Gefühlen anderer herumtreten."

Agathe sah, wie Festons Hände Meas Gesicht festhielten. Sie wehrte sich. Plötzlich brach sie zusammen und lag vor seinen Füßen. Agathe hörte sich fragen: „War das nötig?"

„Sie hätte keine Ruhe gegeben. Ich habe ihr die letzte halbe Stunde aus ihrem Gedächtnis gelöscht. Und sollte sie irgendwann einmal die Gefühle eines anderen verletzen, dann werden ihr die Schläfen schmerzen. Auch du musst einiges vergessen."

Die Konturen verschwammen und die kleinen Sterne zogen sich ins Amulett zurück.

„Unglaublich! Kannst du dich daran erinnern?", fragte Ral.

„Nein. Weißt du, dass es erschreckend ist, dass jemand, so wie es ihm beliebt, in die Gedanken eindringen und die einzelne Erinnerung einfach gegen deinen Willen löschen kann? Das ist nicht richtig."

„Agathe!" Ral nahm Agathes Hände und drückte sie fest an sich. „Agathe, du darfst mit niemandem darüber sprechen. Hörst du! Das, was wir gerade gesehen haben, ist nach dem Gesetz der Sieren strengstens verboten. Es darf niemand in die Gedanken eines anderen eindringen und sie beeinflussen. Das ist unser oberstes Gebot. Ausgerechnet Feston hat dagegen verstoßen. Hätte ich es nicht selbst gesehen, ich hätte es nie im Leben geglaubt."

„Wenn das rauskommt, was würde ihm dann passieren?"

„Es darf nicht rauskommen, um gar keinen Preis."

„Ich verstehe dich schon, aber gesetzt den Fall, es passiert. Was dann?"

„Er würde hart bestraft werden."

„Nun lass dir nicht alles aus der Nase ziehen."

„Er würde verstoßen werden und dürfte nie wieder zurückkehren. Ich kann mir nicht vorstellen, warum er das getan hat. Feston ist jemand, der mit sich selbst viel strenger ist als anderen gegenüber."

Agathe stand auf und lief im Zimmer hin und her.

„Setz dich wieder hin! Du machst mich ganz nervös", sagte Ral.

„So kann ich aber besser nachdenken. Für sein Verhalten muss es einen Grund gegeben haben. Aber welchen? Wer ist denn Candela wirklich?"

Zögernd begann Ral zu sprechen. „Vater hat mich nie mit zu einem Treffen mit Candela genommen. Feston sagte mal, dass sie immer noch so schön sei wie damals, als er sie kennenlernte. Aus diesem Grund glaube ich, dass die Lichtgestalt meine verstorbene Mutter ist. Sie hieß Del. Ich vermisse sie sehr. Feston hat ihren Tod nie verwunden."

„Aber deswegen macht man doch nicht so einen Fehler, oder? Ich könnte mir vorstellen, dass noch etwas anderes dahinter steckt."

Agathe lief hin und her. In ihrem Eifer spielte sie mit dem Amulett. Sie legte es von einer Hand in die andere

160

und wieder zurück. Irgendwann blieb sie vor dem Spiegel stehen und betrachtete sich darin. Ihre Haare waren etwas zerzaust und sie versuchte sie zu glätten. So richtig wollte es ihr nicht gelingen.

„Ral, schau mal das Amulett."

Ral stand auf und stellte sich neben Agathe und blickte ebenfalls in den Spiegel.

„Das gibt es doch nicht. Wie ist das möglich?", fragte er.

Im Spiegelbild war auf dem Anhänger das Wort *Liebe* zu lesen. Beide betrachteten das Amulett noch einmal, aber da stand nichts. Agathe kam eine Idee. Sie hielt das Amulett ganz dicht an den Spiegel, um zu sehen, ob sich etwas veränderte. Im Spiegel erschien Festons Kopf. Entsetzt wichen sie vom Spiegel zurück.

„Erschreckt nicht! Ich bin das Gewissen von Feston. Es war tiefe Liebe, die ihn hat handeln lassen. Ich möchte das nicht entschuldigen, nur erklären. Es ist niemand zu Schaden gekommen und nun liegt es an euch, ob er für diese Liebe die höchste Strafe erhalten soll oder ob ihr schweigt. Vielleicht kann euch diese Großzügigkeit einmal von großem Nutzen sein."

Der Kopf von Festons Gewissen verschwamm.

„Warte!", rief Agathe. „Weiß Feston, dass du hier bei uns bist?"

„Nein. Er ist tief in seine Arbeit versunken. Ich habe eigenmächtig gehandelt. Eins muss ich euch sagen, Del ist seine vergangene Liebe und Isa ist seine große neue Liebe, die er innig und wahrhaftig liebt. Das eine ist die Vergangenheit und das andere die Gegenwart."

Im nächsten Augenblick war der Spiegel wieder klar.

„Ich denke, wir sollten es nicht überbewerten. Er trägt viel Verantwortung", sagte Agathe.

„Stimmt." Behutsam strich Ral ihr übers Haar. „Na dann, schlaf gut! Bis Morgen früh!"

Agathe traute sich gar nicht, in seine Augen zu schauen, und dann tat sie es doch. Ral beugte sich vor und hauchte ihr einen Kuss auf dem Mund.

***

Nachdem Ral gegangen war, setzte sich Agathe an den Tisch und schrieb den Brief. Sie adressierte ihn an ihren Opa. Dann löschte sie die Kerze und legte sich ins Bett. So richtig konnte Agathe nicht einschlafen, obwohl sie sehr müde war. Ihre Gedanken wirbelten wirr durcheinander. Alle ihre Erlebnisse fügten sich in unterschiedlicher Reihenfolge aneinander. Irgendwann drehte sie sich auf die andere Seite und bevor sie einschlief, glaubte sie, den Kuss von Ral noch einmal zu spüren.

Im Halbschlaf hörte Agathe es zaghaft klopfen. Danach betrat jemand das Zimmer. Sie war viel zu müde, um ihre Augen zu öffnen.

„Agathe?!" … „Agathe?!"

Lasst mich doch schlafen, dachte sie und zog die Bettdecke über beide Ohren. Nur noch fünf Minuten oder besser zehn.

„Aufstehen! Die Sammelaktion."

Widerwillig quälte sie sich aus ihrem Bett. Isa lächelte ihr aufmunternd zu.

„Die Sonne ist noch nicht aufgegangen. Es ist die richtige Zeit, um aufzubrechen", sagte sie freundlich.

„Ich bin gleich soweit. Was ist mit Ral?", fragte Agathe.

„Er ist schon unten. Wie ich sehe, hast du den Brief geschrieben. Kann ich ihn mir nehmen?"

„Ja, sicher. Wie verschickst du ihn?"

„Ein paar Geheimnisse möchte ich auch noch haben." Isa lächelte.

Agathe beeilte sich mit dem Anziehen und betrat zeitgleich mit Mea die Küche.

„Da seid ihr endlich!"

Feston ging voraus und Isa, Mea, Agathe und Ral folgten. Vor ihnen auf dem Weg liefen schon einige Sieren in Richtung Dorfplatz, dem Treffpunkt. In der Mitte blieb Feston stehen. Mit lauter und kräftiger Stimme begann er zu sprechen.

„Bald beginnt die Dämmerung. Unser Hauptaugenmerk ist das Frauenkraut. Worauf zu achten ist, wisst ihr. Wir brechen auf!"

Feston ging wegweisend voran.

„Ral, was ist, wenn wir überfallen werden?", fragte Agathe.

„Uns wird nichts geschehen. Dafür wird Feston schon sorgen. Er hat die ganze Nacht getüftelt und sich was ganz Geniales einfallen lassen. Er hat Tarnung mit Energie gekoppelt. Um ehrlich zu sein, ich habe daran gezweifelt, dass er es hinbekommt."

Während des Gespräches nahm die Gruppe den gleichen Weg durch den Wald wie Dio an dem Tag seines Überfalls. Der Wald schien aus dem Schlaf zu erwachen.

Die Vögel begrüßten mit ihrem fröhlichen Gezwitscher den neuen Morgen. Nach einem strammen Fußmarsch von einer halben Stunde machte die Gruppe halt.

„Ist das unser Ziel?", fragte Agathe.

Ral nickte und gab Agathe ein Leinentuch.

„Für die Kräuter."

„Wie soll das gehen?", fragte Agathe Ral.

„Du musst die Ecken über Kreuz zusammenknoten. Beide Knoten behältst du in der einen Hand und mit der anderen Hand steckst du die Kräuter rein. Wenn du sie sortieren musst, brauchst du nur noch die Knoten zu lösen und vor dir liegen sie, wie auf einer Decke ausgebreitet. Komm, ich helfe dir."

Ral nahm ihr das Leinentuch ab und begann es so zu knoten, wie er es ihr erklärt hatte. Als er damit fertig war, lächelte er Agathe an und gab es ihr zurück.

Agathe schaute sich um. Alle waren emsig bei der Sache. Ein paar Meter von ihr entfernt stand Feston und schaute ununterbrochen in die Runde. Die anderen Männer des Rates standen in gleichen Abständen zueinander um die Sammelnden herum.

∗∗∗

Agathes Leinentuch war fast gefüllt, da hörte sie aus der Ferne eine Frau aufgeregt rufen. Die Männer vom Rat der Sieben rannten ihr entgegen. Als die Frau nah genug war, verstand Agathe, was sie sagte: „Feston, SIE sind in unserer Siedlung und verwüsten alles. Wir können sie nicht aufhalten. Kommt schnell und helft uns. Wir schaffen es nicht allein."

Feston drehte sich zu Ral um.

„Drei von euch schaffen die Kräuter weg und die anderen kommen mit in die Siedlung. Wir müssen uns sputen. Beeilt euch!"

Wenig später trafen Ral und die anderen in der Siedlung ein. Ihnen bot sich ein Bild der Verwüstung. Gartenzäune waren ausgehängt und Latten zerbrochen. In den Vorgärten lagen entwurzelte Blumen und Sträucher. Vereinzelt sahen sie eingetretene Haustüren und zerbrochene Blumentöpfe. Selbst Fensterscheiben waren zu Bruch gegangen. Schweigend wurden die ersten Reparaturen durchgeführt. Vor Rals Haus sah es nicht so schlimm aus. Die Türklinke hing herunter, im Vorraum waren die Stühle umgestoßen und zerbrochenes Geschirr lag am Boden.

„Die Türklinke ist schnell repariert und die Scherben sind auch rasch weggeräumt. Da können wir den anderen helfen, die es schlimmer erwischt hat", sagte Ral.

Etwas später trafen sie auf dem Dorfplatz auf einige Sieren.

„Sagt mal, weiß irgendjemand, wo der Rat der Sieben ist? Ich habe keinen von ihnen beim Aufräumen gesehen. Und ihr?", fragte Isa in die Runde. Sie schaute in fragende Gesichter. „Hm, ich glaube, ich weiß, wo sie sind."

***

Vor einer Höhle standen die Mitglieder des Rates der Sieben. Sothis, einer von ihnen, erzählte: „Sie liefen in diese Richtung und da kam uns die Idee, sie in einer der Höhlen zu fangen. Nach ein paar Schwierigkeiten ist es uns mithilfe einer List gelungen. Jetzt sind sie in sicherer Verwahrung. Aber wir müssen schnell eine Lösung finden. Sie können nicht ewig dort drinnen bleiben." Allgemeine Zustimmung folgte.

Agathe ging zum Eingang und schaute hinein. Aus der Dunkelheit schälte sich ein sabberndes Etwas heraus und reckte ihr den Kopf entgegen. Die Laute, die es von sich gab, ließen ihre Nachhaare aufstehen. Aber hatte er nicht von zwei Wesen gesprochen? Das Etwas wurde unsanft beiseitegeschoben und das andere kam zum Vorschein. Agathe bekam einen Schreck und stieß einen Angstschrei aus.

Feston nahm sie in die Arme und sagte: „Komm, das ist nichts für dich. Wir sollten uns dem Rätsel zuwenden. Es wartete darauf gelöst zu werden. Der Rat der Sieben wird sich in seinen Saal zurückziehen. Ich werde eine Wache hier zurücklassen."

Ein Siere meldete sich freiwillig. Er postierte sich am Eingang. Agathe fasste sich ein Herz und fragte Feston: „Kann ich mitkommen? Ich möchte helfen."

„Ich danke dir für dein Angebot, aber im Moment ist deine Hilfe nicht vonnöten."

Agathe war enttäuscht. Aber hatte sie wirklich etwas anderes erwartet? Nein, eigentlich nicht.

Die sieben Männer entfernten sich. Agathe ging zusammen mit den anderen in die Siedlung zurück.

„Es war kein schöner Anblick, nicht wahr?", sagte Ral, der neben ihr ging, und er legte wie selbstverständlich seinen Arm um sie.

„Das ist es nicht. Es ist etwas anderes."

Sie stellte sich immer wieder die gleiche Frage. Gibt es Zufälle? Aber hatte sie nicht die Erwachsenen sagen hören, es gäbe keine? Aber wie sollte sie das Gesehene erklären? Sie wusste es nicht.

„Wenn es nicht der Anblick war, was ist es dann?", fragte Ral vorsichtig.

„Das zweite Wesen habe ich schon einmal gesehen."

Abrupt blieb Ral stehen und hielt Agathe an ihren Schultern fest.

„Sag das noch einmal!"

„Den Zyklopen habe ich schon einmal gesehen. Nicht in Echt, sondern als Holzfigur. Genauso, eben nur kleiner. Glaubst du an Zufälle?", fragte sie Ral.

„Nein. Aber sag mir, wo hast du ihn gesehen?"

Ral und Agathe ließen sich absichtlich zurückfallen, um ungestört zu reden.

„Wenn die Holzfigur genauso aussah wie der in der Höhle, dann muss es einen Zusammenhang geben", meinte Ral.

„Ja schon."

„Es ist doch nichts dabei, wenn du es mir sagst."

„Na gut. Mein Opa hat solch einen Zyklopen geschnitzt. Ich fand es komisch. Er hat immer sehr schöne Sachen gefertigt und plötzlich schnitzte er Figuren aus der griechischen Mythologie. Später habe ich herausgefunden, dass er von eurer Existenz weiß. Und da ist noch etwas. Mein Onkel ist ebenfalls im Bild. Weißt du mehr?"

Agathe schaute Ral erwartungsvoll an.

„Nicht viel. Ab und zu kommt ein alter Mann zu Feston. Sie schließen sich ins Arbeitszimmer ein. Keine

Ahnung, was sie dort machen."

Mea wartete auf die beiden.

„Na, was habt ihr denn schon wieder zu tuscheln? Beeilt euch lieber. Es gibt noch viel zu tun."

Alle drei legten einen Zahn zu und schlossen zu den anderen auf.

***

Gegen Abend saßen Agathe, Ral, Mea und Isa vollkommen erschöpft am großen Tisch.

„Ist Feston in seinem Arbeitszimmer?", fragte Agathe in die Runde.

„Er ist noch nicht zurück. Wahrscheinlich wird der Rat das Rätsel bisher nicht gelöst haben. Vielleicht hätten sie dich mitnehmen sollen", meinte Isa.

„Warum, um alles in der Welt, sollte Agathe dabei sein?", erwiderte Mea.

Ral mischte sich ein. „Bedenke, dass Agathe im Rätsel erwähnt wird, und sie hat von Candela ein Geschenk erhalten: das Amulett."

„Ich sehe das genauso. Aber jetzt ist es Zeit, ins Bett zu gehen. Gute Nacht alle zusammen."

Isa erhob sich und ließ die anderen allein.

„Ich gehe auch und ihr?", fragte Agathe Ral und Mea. Beide nickten.

Der Mond erhellte Agathes Zimmer. Wie erwartet, saß Annandalia auf dem Fensterbrett. Vor Freude tänzelte sie hin und her. Agathe nahm sie auf ihre Hand und streichelte sie zärtlich.

„Na, hast du auf mich gewartet? Wir hatten einen anstrengenden Tag, das kannst du mir glauben."

Agathe setzte Annandalia zurück und legte sich selbst ins Bett. Sie träumte von Candela. In ihrem Traum sprach sie mit ihr. Sie sagte, dass Agathe die Nichtdazugehörige war. Aber an der Stelle, als Candela ihr die Lösung geben wollte, erwachte sie.

***

Agathe war die Erste, die an diesem Morgen aufstand. Sie fragte sich, ob die weisen Männer bereits das Rätsel gelöst hatten. Agathe wusste, dass es mit ihrer Person in Verbindung stand.

Sie setzte sich an den Tisch und ihre Gedanken reisten nach Hause zu ihrem Vater, zu Darius, Alina ... Sie sah, wie Kasimir sich auf ihrem Bett einrollte und schlief. Sie hörte Alina lachen und Späße machen. Nun entstand das Bild von Omas perfekt gedecktem Tisch, an dem alle saßen, auch Darius. Sie glaubte zu spüren, wie Vater sie in die Arme nahm und ihre Wange streichelte.

All die Erinnerungen ließen sie frösteln. Sie zog die Beine an sich heran und umschlang sie mit ihren Armen. Ich glaube, ich habe zum ersten Mal Heimweh. Werden mich die Sieren einfach gehen lassen?

Agathe war zwischen zwei so verschiedenen Welten hin und her gerissen. Sie mochte weder die eine noch die andere Welt missen. Vielleicht könnte sie die Erste sein, die zwischen beiden Welten ganz offiziell hin und her reisen durfte?

„Du bist aber zeitig auf. Konntest du nicht mehr schlafen?", fragte Isa.

„Nicht so richtig."

Agathe wischte ein paar Krümel vom Tisch.

Isa setzte sich zu Agathe, nahm liebevoll ihre Hände
und streichelte sie.

„Ich habe Angst um dich. Was ist, wenn der Rat der
Sieben einen Fehler macht? Möglicherweise ist das, was
dann passiert, nicht mehr rückgängig zu machen. Ich
möchte nicht, dass ich einen Brief in deine Welt schicken
muss, in dem steht, dass es dich nicht mehr gibt."

„Sie werden schon das Richtige tun."

„Vielleicht. Auch der Rat der Sieben kann sich irren.
Wir müssen nicht immer alles so heldenhaft retten und
wieder in Ordnung bringen."

„Was meinst du damit?"

„Vor langer Zeit ist unseren Vorfahren ein gravierender
Fehler unterlaufen. Du musst wissen, die Sieren waren
einmal ein fortschrittliches Volk. Eines Tages wurde das
Leben von der Technik bestimmt. Es gab plötzlich keine
Tabus mehr, besonders in der Forschung, und so kam es,
dass sich das Erbgut bei den Pflanzen und Tieren veränderte durch unsere Hand. Es kam zu einem regelrechten
Massensterben. Die Pflanze des Lebens hatten wir verloren. Das war dramatisch. Mit unserem Wissen und
unseren Kräften war es möglich, dass wir das Sterben aufhalten konnten. Aber alle paar Jahre kommt es vor, dass
sich Sieren innerhalb kurzer Zeit so verändern, dass sie
zur Gefahr werden. Nun scheint es möglich zu sein, dass
wir alles wieder in Ordnung bringen könnten. Das ist

eine einmalige Chance für uns."

„Das ist also der Grund, warum ihr so naturverbunden seid."

„Das ist richtig. Wir haben daraus gelernt. Zu den Wurzeln zurückzukehren, heißt nicht automatisch, dass man primitiv oder dumm sein muss. Es bedeutet lediglich, das, was vorhanden ist, so schonend und rücksichtsvoll wie möglich zu nutzen. Viele Geheimnisse kann man der Natur entlocken, ohne sie zu zerstören. Genau darauf ist unser Wissen begründet. Wir haben es über viele hundert Jahre bewiesen. Die Natur ist unsere Lebensgrundlage. Wir brauchen sie, aber sie nicht uns."

„Ich würde euch so gern helfen."

„Agathe, es ist zu gefährlich. Glaube mir! Ich kann dich wieder nach Hause lassen, wenn du willst."

Agathe schüttelte energisch den Kopf. „Ich bleibe hier."

„Ich kann dich nicht zwingen. Aber denk bitte noch einmal darüber nach!"

Mea kam gutgelaunt die Treppe herunter.

„Einen herzerfrischenden guten Morgen! Ich habe einen Bärenhunger. Ihr auch?"

„Es hält sich in Grenzen. Ist Feston zurück?", fragte Agathe.

„Nicht, dass ich wüsste", sagte Isa.

Agathe nahm den Wasserkrug aus dem Regal.

„Ich werde das Quellwasser holen gehen."

Mea schaute Agathe hinterher.

„Was ist mit ihr? Sie ist so bedrückt", wollte Mea von ihrer Mutter wissen.

171

„Ich glaube, sie hat Heimweh, und ich mache mir große Sorgen um sie." Isa drehte sich zu Mea. „Ich habe die Befürchtung, dass der Rat Agathe opfern könnte. Ral sieht es genauso."

„Du hast recht. Wir müssen sie durch den Bogen schicken, so schnell wie möglich."

„Sie will nicht. Ich kann sie nicht zwingen. Wir müssen uns etwas anderes einfallen lassen. Du und Ral, ihr müsst mir dabei helfen. Ral ist eingeweiht. Also, pass auf, ich habe mir Folgendes gedacht."

Kurz erklärte Isa Mea, was sie vorhatte.

„Du kannst auf mich zählen."

***

Ral riss die Haustür auf.

„Agathe, der Rat der Sieben verlangt nach dir."

Mea griff zwei Brotstücke. Eins reichte sie Agathe und das andere behielt sie.

„Ich begleite Agathe. Keine Angst, Ral, ich mache auch keinen Ärger. Versprochen!"

„Also gut. Kommt!"

„Ral!", sagte Isa. „Ich könnte dann später deine Hilfe gebrauchen."

„Kann dir nicht ein anderer helfen? Ich würde gern bei Agathe bleiben."

„Bring Agathe zum Rat und dann komm her, bitte. Es wird nicht lange dauern. Du kannst danach sofort wieder zu Agathe."

„In Ordnung", sagte Ral mit einem leichten Unterton. Agathe sah blass aus. Sie wusste, dass es jetzt ernst werden würde. Beim Hinausgehen sah Agathe, wie Isa in Festons Arbeitszimmer huschte.

Die drei gingen schweigend dem kleinen Gebirge mit den vielen Höhlen entgegen, vorbei an den Wiesen und Koppeln, durch den Wald und den riesigen Feldern der Pflanze des Lebens. Sie überquerten das Flüsschen, welches munter plätscherte. Auf der anderen Seite blieben sie stehen.

„Agathe, wir gehen zum Saal der Sieben und deshalb muss ich dir die Augen verbinden."

Ral holte ein hellbraunes, dünnes Tuch aus seiner Hosentasche. Agathe drehte sich um, damit er es ihr umbinden konnte. Sie schloss die Augen. Das Tuch war angenehm weich. Wieder fröstelte sie, aber dieses Mal aus Angst vor dem Ungewissen, was sie erwartete.

„Sitzt das Tuch? Siehst du wirklich nichts?"

„Es ist stockdunkel."

„Gut!" Ral drehte Agathe mehrmals um ihre eigene Achse.

„Hör auf! Mir ist ganz schwindelig."

„Okay. Gib mir deine Hand."

Agathe hob ihre Hand und griff in die Luft.

„War das jetzt ein Test?"

Sie bekam keine Antwort, stattdessen nahm Ral ihre Hand und drückte sie sanft.

„Der Boden ist uneben. Ich halte dich."

Ral zog etwas und Agathe folgte dieser Richtung.

„Mea, bist du da?", fragte Agathe.

„Ich bin direkt hinter dir."

Agathe hielt ihre freie Hand nach hinten. Mea ergriff sie und hielt sie fest.

Fünf Schritte waren sie gegangen und Agathe zählte heimlich weiter. Es kann nicht schaden, zu wissen, welche Richtung wir einschlagen und wie weit wir gehen werden. Nach einhundertzweiundzwanzig Schritten machten sie halt. Ral löste seine Hand aus ihrer.

„Noch nicht das Tuch abnehmen. Ich sage dir, wenn es soweit ist."

Mea legte schützend ihren Arm um Agathe. Sie linste unter dem Tuch hervor und sah, wie Ral einen violetten Kristall hervorholte und ihn an der Felswand zerschlug. Der Kristall löste sich auf. Genau an dieser Stelle begann sich die Wand ebenfalls aufzulösen. Es entstand ein ovaler Durchgang und sie konnten bequem ins Innere des Felsens gehen. Hinter ihnen schloss sich die Öffnung wieder.

Ral nahm Agathe das Tuch ab. Sie rieb sich ihre Augen und sah direkt in Rals lächelndes Gesicht. Hinter Ral erstreckte sich ein breiter Gang, hell erleuchtet von Fackeln.

„Mea, du musst hierbleiben."

„Ich bleibe wie angewurzelt stehen und warte auf euch. An diesem Ort halte ich mich freiwillig an die Regeln." Und zu Agathe sagte sie: „Viel Glück!"

„Danke!" Die Mädchen umarmten sich. Dann nahm Ral Agathes Hand erneut und sie gingen den Gang entlang. Der Weg führte tief in den Felsen hinein. Sie bogen mal nach rechts ab und dann wieder nach links, bis eine Felswand ihnen den Weg versperrte.

„Hier geht es nicht weiter", stellte Agathe fest.

„Warte es ab!"

***

Ral hielt einen in den schönsten Regenbogenfarben schillernden Stein in der Hand. Diesen zerschlug er an dem harten Gestein vor ihm.

„Warum machst du ihn kaputt?", fragte Agathe.

Ral legte den Zeigefinger auf seinen geschlossenen Mund. Die Felswand begann in der Größe einer Tür in den Farben des Steines zu flimmern. Man konnte nur erahnen, was sich hinter der Wand befand.

Eine Gestalt stand auf der anderen Seite und hielt ebenfalls einen ähnlichen, vielleicht sogar gleichen Stein an den Durchgang. Das Flimmern verschwand. Ral und Agathe konnten den Saal der Sieben betreten. Mit einem leisen Zischen schloss sich der Durchgang wieder.

Agathe schaute sich um und war beeindruckt von dem Saal. Er war groß und kreisrund. Sie sah Säulen aus Bergkristall, die bis zur Decke reichten. Insgesamt fünf kunstvoll verzierte schmiedeeiserne Türen zählte sie. Zwischen der dritten und vierten Tür loderte in einem Kamin ein Feuer. Es knisterte nicht und es verströmte auch keine Wärme. Die Wände des Kamins waren gläsern, aber man hätte glauben können, sie wären aus einem Eisblock gefertigt. Lodernde Fackeln erhellten den Saal, der aus weißem Marmor bestand. In der Mitte des Saals stand ein runder Tisch. Dieser und seine acht Stühle bestanden aus Glas. Der Tisch hatte einen massiven Fuß. In der Mitte des Tisches sah Agathe ein rundes Loch, aus dem blauviolettes Licht emporstieg, an dessen Ende sich der Stein der

175

Steine drehte. Der rote Heinrich wird ihn doch nicht etwa hier aus dem Saal gestohlen haben? Das würde sein schlechtes Gewissen in der Tat erklären.

***

Sechs Mitglieder des Rates saßen ihr zugewandt am Tisch und betrachteten sie neugierig. Feston war derjenige, der die Wand geöffnet hatte. Er sprach leise mit Ral. Agathe hörte nur noch, wie Feston sagte: „Ist gut. Geh zurück!" Feston trat zu Agathe. Er trug einen langen Umhang, der blaugrün glänzte und bis zum Boden reichte. Der Fußboden stand im auffälligen Kontrast zum übrigen Erscheinungsbild des Saales. Er war pechschwarz mit kleinen, blaugrün schimmernden Pünktchen.

„Ich heiße dich im Namen des Rates der Sieben in unserem Saal herzlich Willkommen. Nimm bitte in unserer Runde Platz!"

Mit einer Handbewegung wies Feston ihr einen der beiden freien Stühle zu. Als Agathe ihren Platz eingenommen hatte, setzte sich Feston ebenfalls an den Tisch. Erst jetzt bemerkte sie, dass alle Sieben nicht nur die blaugrünen Umhänge trugen, sondern auch noch helmartige Kappen in der gleichen Farbe. Sie sahen wie Zauberer aus ohne Zauberstab.

„Zuerst möchte ich dir den Rat vorstellen", sagte Feston. Er saß an Agathes linker Seite. Der links neben Feston sitzende Siere stand auf.

„Das ist Diabas. Er ist der Hüter des Wissens über Mutter Erde."

Diabas hatte, ebenso wie die anderen, weißes, etwas

längeres, gewelltes Haar und einen Bart. Alle Sieben unterschieden sich fast gar nicht in ihrer Körpergröße und in der Länge ihres Bartes. Allein der Gesichtsausdruck und die Gestik waren im Moment für Agathe das einzige Unterscheidungsmerkmal. Mit einer Ausnahme: Einer von ihnen trug eine Brille mit eckigen Gläsern. Sie passte gut zu seinem Gesicht.

Diabas deutete Agathe gegenüber eine Verbeugung an und setzte sich wieder.

„Abbe ist der Hüter des Wissens über die Wissenschaft." Er deutete eine Verbeugung an.

„Odets ist der Hüter des Wissens unserer Künste."

Auf seinem Gesicht war ein sympathisches Lächeln zu sehen. Überschwänglich verbeugte er sich.

„Sidon ist der Meister des Handels und er ist derjenige, der uns außerhalb unserer Gemeinschaft vertritt. Ein wahres Sprachgenie."

Sein Gesicht glich einer Maske, starr und undurchdringlich. Er verneigte sich höflich. Nachdem er seinen Platz wieder innehatte, stand der vorletzte auf. Er war der Einzige in dieser Runde, der eine Brille trug.

„Das ist Signet, der Hüter über das Buch des Wissens." Elegant beugte er seinen Oberkörper.

„Und das ist Sothis. Er ist der Hüter über das Wissen der Prophezeiung und Astronomie."

Nun stand Feston auf.

„Ich bin Feston, der Hüter über das Wissen der Pflanzen, der Medizin und der Magie."

Wie auch die anderen verbeugte er sich vor Agathe. Für sie war das ein merkwürdiges Gefühl, wie sich alle

Mitglieder des Rates vor ihr verneigten. Agathe drehte sich verstohlen um, um zu sehen, ob Ral noch da war. Aber hinter ihr stand niemand mehr. Sie hatte nicht bemerkt, wie er den Saal verlassen hatte. Nervös rutschte sie auf ihrem Stuhl hin und her. Es war auch noch ein Drehstuhl, der einen dazu verleitete, ihn bei Nervosität hin und her zu drehen.

***

Feston ergriff erneut das Wort.

„Du weißt, warum wir hier zusammengekommen sind? Es geht um das Rätsel, welches uns Candela zur Lösung unseres Problems aufgegeben hat. Es hat folgenden Wortlaut. Nur zur Erinnerung."

Der himmelblaue Stein blieb stehen und verfärbte sich sonnengelb. In ihm erschien Candelas Gesicht und sie hörten ihre Worte. Wieder war Agathe von der Erscheinung Candelas fasziniert.

„Wir sind uns einig, dass du die Nichtdazugehörige bist. Du bist sicherlich zum selben Schluss gekommen." Agathe nickte.

„Wir sind der Meinung, dass wir dir alles, was mit dem Rätsel im Zusammenhang steht, erzählen sollten, damit du uns verstehst."

Alle, auch Agathe, nickten zustimmend. Sie schaute dabei in jedes einzelne Gesicht. Zwei sahen beiseite: Signet und Sothis. Abbe und Diabas erwiderten ihren Blick. Odets und Sidon drehten wissend die Köpfe zueinander. Für Leute, die vorgaben, sich einig zu sein, war das ein komisches Verhalten.

Feston fuhr fort. „Vor langer, langer Zeit war das Tor zu eurer Welt für jeden offen. Es gab praktisch keine Unterschiede zwischen uns und euch. Die Menschen nahmen dann eine Entwicklung, die uns nicht gefiel. Wir befürchteten, dass wir uns selbst zerstören würden, wenn wir die gleiche Entwicklung vollziehen würden. Aus diesem Grund haben wir das Tor für euch verschlossen. Aber das war zu spät. Ein teuflischer Virus breitete sich aus. Wir hatten hohe Verluste. Heute noch passiert es, dass Tiere oder Sieren sich innerhalb kürzester Zeit verändern und so zur Gefahr für uns alle werden. Jetzt haben wir die Möglichkeit, dieses Problem ein für alle Mal zu beseitigen. Candela hat uns den Weg gewiesen. Bist du bereit, uns zu helfen?"

„Ja, das bin ich, aber zuvor möchte ich wissen, wie euer Plan aussieht."

„Das erklären wir dir, wenn du eingewilligt hast."

„Vorher nicht?"

„Genau."

„Dann muss ich nachdenken."

„Wir lassen dich allein und du kannst in Ruhe alles überdenken."

***

Die Männer standen auf, begaben sich zu einer der eisernen Türen und öffneten diese. Einer nach dem anderen ging in den dahinter gelegenen Raum. Sidon drehte sich noch einmal zu Agathe um. Sein Gesicht glich nicht mehr einer Maske, sondern dem eines ehrlich besorgten Mannes.

Agathe konnte von ihren Platz aus nicht erkennen, was sich hinter der Tür befand, aber das war im Moment für sie nicht wichtig. Sie war froh, allein zu sein, ohne das Gefühl zu haben, jemand würde in ihren Gedanken schnüffeln oder sie zu einer Entscheidung drängen. Agathe dachte an Isas Version der Geschichte und fragte sich, wem sie glauben sollte? Isa oder dem Rat? Da kam ihr eine Idee. Sie nahm das Amulett in die Hand und hielt es dem himmelblauen Stein entgegen.

Mit fester Stimme sagte sie: „Candela, kannst du mir helfen?"

Der Stein färbte sich goldgelb mit einem Hauch von Rot. In der Mitte erschien Candelas Gesicht.

„Ich kann dir nur Fragen stellen, die du selbst beantworten musst. Wer ist um dich besorgt und hat seine Hilfe angeboten, ohne Gegenleistung zu erwarten? Wer benötigt dein wertvolles Gut und ist der Lösung noch nie so nah gewesen? Wer würde alles daran setzen, um seine Interessen zu verwirklichen und um sein Ziel zu erreichen? Wer zieht keinen direkten Nutzen aus seiner Geschichte? Und noch eines: Benutze das Amulett weise, sonst wird es dir nicht mehr zu Diensten sein."

Betroffen schaute Agathe Candela an.

„Das werde ich in Zukunft."

„Was mich betrifft, so werde ich dir nicht mehr zur Verfügung stehen. Es sei denn, die Ebene, aus der ich komme, hält es für notwendig, mit dir in Kontakt zu bleiben."

Ohne ein weiteres Wort zog sich Candela zurück.

Agathe stand auf und tigerte grübelnd im Saal umher.

Dabei versuchte sie sich an die Version von Isa Wort für Wort zu erinnern. Sie stellte das von Feston Gesagte dem gegenüber. Jetzt kamen ihr die Gesichter der einzelnen Mitglieder des Rates in den Sinn. In Gedanken versunken blieb sie vor dem Kamin stehen und starrte in die Flammen.

***

Agathe hörte, wie die Eisentür geöffnet wurde. Sie hatte wenig Lust, sich umzudrehen. Schritte näherten sich ihr. Sidon stellte sich neben Agathe und schaute ebenfalls ins Feuer. Eine Weile standen sie schweigend nebeneinander. Jeder in seinen Gedanken versunken.

„Bist du soweit?", fragte er, ohne sie anzuschauen.

„Ja, das bin ich. Aber sage mir vorher noch eins. Wenn wichtige Entscheidungen getroffen werden müssen, müsst ihr euch einig sein?"

„Nicht immer, aber wenn es um ein Leben oder eine Lebensform geht, dann muss unsere Entscheidung einstimmig sein, ansonsten reicht die einfache Mehrheit."

„Und in meinem Fall?"

„Wir sind zu einem Ergebnis gekommen. Es wurde aber noch keine Entscheidung gefällt. Ich werde jetzt die anderen holen."

Sidon rührte sich nicht von der Stelle.

„Das Feuer ist wunderschön und faszinierend. Wenn es außer Kontrolle gerät, möchte ich nicht in seine Fänge geraten." Mit diesen Worten drehte er sich um.

Nachdenklich begab sich Agathe zu ihrem Platz. Die Mitglieder des Rates der Sieben nahmen ebenfalls ihre

Plätze ein und sahen Agathe erwartungsvoll an. Ihr wollten nicht die richtigen Worte einfallen. Außerdem plagten sie Zweifel. Was, wenn sie sich irrte? Wenn sie die falschen Schlüsse gezogen hatte? Was, wenn sie einen großen Fehler begann.

„Wir würden gern deine Entscheidung erfahren", wandte sich Feston an Agathe. „Wir haben dir unsere Beweggründe offen und ehrlich dargelegt. Zu welchem Ergebnis bist du gekommen?"

Odets und Sidon warfen Feston kurze Blicke zu, die Agathe zufällig erhaschen konnte. Vielleicht bin ich doch nicht auf dem Holzweg, dachte sie.

Agathe holte tief Luft und begann zu sprechen: „Bevor ich antworte, möchte ich mich für das Vertrauen bedanken und ich bedanke mich, dass ich in eure Gemeinschaft aufgenommen wurde. Die Zeit, die ihr mir zum Nachdenken gegeben habt, habe ich genutzt. Ich werde euch helfen, aber ..." Agathe machte eine Pause und ließ das letzte Wort als offene Frage im Raum stehen. Sie studierte die einzelnen Gesichter. „Aber was?", fragte Feston scharf.

Agathe stand auf und begann um den Tisch herum zu laufen. „Aber zu einer solchen Hilfe gehören Vertrauen und Ehrlichkeit. Mein Leben steht auf dem Spiel." Agathe blieb stehen, bevor sie weitersprach. „Ich möchte euch etwas erzählen. Vor grauer Urzeit waren die Sieren ein fortschrittliches Volk. Dieser Fortschritt bestimmte das gesamte Leben. Ihr habt euch selbst überflüssig gemacht. Damit ihr überhaupt noch Beschäftigung hattet und den sozialen Kontakt pflegen konntet, wurde Forschung betrieben, natürlich im großen Stil und ohne Tabus. Das führte zu einer Katastrophe, in deren Folge eine Vielzahl von Pflanzen, Tieren und Sieren starben. Jetzt kommt euer Teil der Geschichte. Immer wieder verändern sich Tiere oder Sieren, sodass sie zur Bedrohung werden. Alles, was bisher unternommen wurde, führte nicht zum Erfolg. Candela zeigte mit ihrem Rätsel den Weg zur Lösung auf. Jetzt besteht die Möglichkeit, den Fehler der Vorfahren wieder gut zu machen. Wie gefällt euch diese Geschichte?"

Unterdessen erreichte Agathe ihren Stuhl. Sie setzte sich und wartete. Sie wartete auf die Reaktion der weisen Männer.

„Wie kommst du auf solch einen Unsinn?", fragte Feston.

„Unsinn? Wirklich? So könnte es gewesen sein, oder?", fragte Agathe in die Runde.

„Das beantwortet nicht Festons Frage", mischte sich Diabas ein.

Agathe hatte eine Idee. „Nun ja, ich habe alles, was ich in irgendeiner Form gehört habe, in mir aufgenommen und habe mir meinen Teil dazu gedacht. Ich besitze sehr viel Fantasie und so entstand in meinem Kopf diese Geschichte."

„Dir hat also niemand etwas erzählt?", fragte Feston. Agathe ignorierte Festons Frage.

„Wenn ich nach eurer Version gehen würde, dann hätte ich euch gegenüber ein sehr schlechtes Gewissen haben müssen, denn meine Vorfahren hätten euch dieses Leid zugefügt, und mit einem schlechten Gewissen ist

man eher bereit zu helfen. Ist es nicht so? Und nun?"
Schweigen beherrschte den Saal.

***

Odets räusperte sich. „Wir sollten noch einmal in uns gehen und gemeinsam darüber nachdenken."

Er rutschte dicht an den Tisch heran und legte seine Hände auf die Tischplatte, schloss seine Augen und senkte dann den Kopf. Sidon nahm die gleiche Haltung an. Einer nach dem anderen folgte zögernd seinem Beispiel. Agathe wurde es unheimlich. Ich dachte, sie wollten alles noch einmal überdenken, hämmerte es in ihrem Kopf. Und nun sitzen sie versteinert da und reden kein Wort miteinander.

Agathe sah, wie der himmelblaue Stein sich pechschwarz verfärbte. Der blauviolette Lichtschein wurde ebenfalls schwarz. Agathe bekam es mit der Angst zu tun, als sie sah, wie der Tisch von innen nach außen diese bedrohliche Farbe annahm. Was passiert hier eigentlich? Bin ich zu weit gegangen?

Die Zeit verging und Agathe wusste nicht, was sie tun sollte. Sie musste warten.

Feston hob seinen Kopf und nahm die Hände von der Tischplatte. Er sah Agathe an und nickte unscheinbar. Fast zeitgleich richteten sich Odets und Sidon auf. Dann folgten die übrigen vier. Gott sei Dank, dachte Agathe. Es war vorbei und der Tisch nahm seine Ursprungsfarbe an. Die Angst wich ihrer Neugier. Sidon begann zu sprechen.

„Wir haben noch einmal unsere Gedanken ausgetauscht. Wir sind der Meinung, dass du die volle Wahrheit erfahren solltest. Keine Geheimnisse und keine Lügen mehr. Es geht hier, wie du richtig gesagt hast, um dein Leben und um deine Hilfe. Ein Geschenk von dir an uns. Das Tor zu eurer Welt war schon immer so, wie es heute auch noch ist. Nur für uns ist es jederzeit nutzbar. Menschen, die zu uns gekommen sind, konnten dies mit unserer Hilfe, nie aus eigenen Kräften. Wir waren von eurer Technik besessen. Es ist richtig, wir haben uns selbst überflüssig gemacht. Wir hatten verlernt, miteinander zu reden. Wir wussten nicht mehr, welche Kräuter für die Heilung bestimmter Krankheiten notwendig waren. Altes Wissen drohte für immer verloren zu gehen. Unsere Vorfahren merkten es nicht. Fälschlicherweise dachten sie, sie hätten alles unter Kontrolle. Das war aber ein Irrtum. Nach dem großen Sterben haben wir uns auf unser früheres Leben und Wissen besonnen. Der respektvolle Umgang mit der Natur hat sich gelohnt. Sie hat uns einige Geheimnisse preisgegeben, von denen wir kaum zu träumen gewagt hatten. Und wir haben unglaubliche Ressourcen erschlossen. Wir sind glücklicher, zufriedener und stolzer geworden. Unser größter Wunsch ist es, endgültig mit unserer Vergangenheit ins Reine zu kommen. Ich hoffe, wir haben uns diese Chance mit unserem Übereifer und unseren Halbwahrheiten nicht vertan."

Agathe wollte sich gerade dazu äußern, als Feston das Wort ergriff. „Wir werden dich zu nichts zwingen. Deine Entscheidung werden wir uneingeschränkt akzeptieren."

Agathe sah Feston fest ins Gesicht. „Ist das ein Versprechen?"

„Ja, das ist es."

„Dann brauche ich keine Bedenkzeit." Agathe setzte noch einmal zum Sprechen an, sagte aber trotzdem kein Wort. Natürlich war das den Männern nicht entgangen.

„Möchtest du uns noch etwas sagen?", fragte Sidon.

Er wirkte fast väterlich auf sie und ihre anfängliche Abneigung verwandelte sich in Sympathie. Sie nahm all ihren Mut zusammen, traute sich aber nicht aufzuschauen. „Ich würde gern wieder nach Hause gehen. Aber ich möchte euch nicht verlieren. Ich fühle mich hier sehr wohl und habe neue Freunde gefunden. Mein größter Wunsch wäre es, wenn ich sie ab und zu besuchen dürfte."

Agathe traute sich immer noch nicht aufzuschauen. Sie hörte um sich herum aufgeregtes Gemurmel.

„Bitte! Ein bisschen mehr Ruhe", sagte Signet. Er schob seine Brille zurecht und spielte nervös mit seinen Fingern. „Deinem Wunsch können wir nicht ohne Weiteres entsprechen. Aber ..."

„Wir sollten mit Agathe den Eingriff besprechen und dann über ihren Wunsch nachdenken. Dabei dürfen wir nicht vergessen, dass sie viel für uns tut. Sie müsste es nicht", sagte Sidon.

„Das stimmt. Wir werden darüber nachdenken und sicher eine wohlwollende Entscheidung treffen. Abbe, erkläre jetzt Agathe, was sie erwartet", sagte Feston und erteilte Abbe somit das Wort.

„Wir werden dich, um es poetisch auszudrücken, in das Reich der Träume schicken. Vorher bekommst du noch einen kräftigen Kräutertrunk und dann wenden wir ein Verfahren an, welches unsere Vorfahren entwickelt haben. Die Einzelheiten brauchst du nicht zu wissen. Sie würden dich nur ängstigen. Nur soviel. Wir benutzen ein nadelähnliches Instrument. Es gibt nur einen kleinen Picks. Du wirst nichts spüren. Wir entziehen dir Blut, Gewebe und noch einige mikroskopisch kleine Proben. Wenn alles vorbei ist, wirst du sanft geweckt."

***

Karl Kraft saß am Mittagstisch, als sein Handy klingelte. Er ließ Messer und Gabel fallen, stand auf und ging in den Flur.

„Erwartest du einen Anruf? Nicht, dass du schon wieder am Wochenende zur Arbeit musst. Es gibt auch noch andere, die die Arbeit machen können." Marie Kraft stand auf und stellte sich hinter ihren Mann. „Ich habe keine Lust, allein zu Hause rumzusitzen. Also was ist, wer ruft denn nun an?"

Zornig drehte sich Karl um.

„Sei jetzt still! Ich verstehe kein Wort. ... Was hast du gesagt? ... Das ist ja mal zur Abwechslung was Positives. ... Alles klar! Ich komme sofort", sagte Karl, stand auf und verließ die Küche.

Seine schimpfende Frau rief hinterher: „Wie redest du eigentlich mit mir und vor allem, wo gehst du hin?" Kopfschüttelnd verließ Karl Kraft das Haus. Nach ein paar hundert Metern war er beim Haus seiner Eltern angekommen. Karls Vater stand ungeduldig auf dem Hof.

„Komm in die Werkstatt. Darius ist schon da."

„Ist er denn völlig verrückt? Wenn ihn jemand gesehen hat, wird man sich fragen, wo Agathe ist."

In der Tür stand Darius und sagte: „Ich bin zu Fuß über die Wiesen gekommen."

„Also, wo ist der Brief? Kann ich ihn sehen?"

Darius gab den Brief seinem Bruder.

„Der ist an Vater gerichtet! Ich darf doch, oder?"

„Selbstverständlich! Er ist von deiner Tochter", sagte Opa Aaron. Karl setzte sich und begann zu lesen. Ab und zu hob er seine Augenbrauen. Dann gab er den Brief seinem Vater zurück.

„Ich kann es nicht fassen, was ich da gerade gelesen habe. Wenn ich nicht genau wüsste, dass er von Agathe ist, dann würde ich sagen, der Schreiber ist vollkommen verrückt; Zaubertrank, Wundheilung in Minuten, unsichtbarmachen, Heilsteine, Tinkturen … Was denn noch alles? Was sollen wir nur tun? Scheinbar will sie nicht zurück."

Ratlos und verzweifelt sah Karl von einem zum anderen.

„Das ist noch nicht alles", sagte Darius.

„Nein? Eigentlich reicht das."

Zögerlich holte Darius aus seiner Hosentasche ein Stück Papier heraus.

„Ich habe noch einen Brief. Den solltest du ebenfalls lesen."

Agathes Vater nahm das braune Papier. Je mehr er las, umso mehr wich ihm die Farbe aus dem Gesicht.

„Um Gottes Willen! Wir müssen was unternehmen."

Opa Aaron machte eine schnelle Handbewegung.

„Wir dürfen nichts überstürzen. Wir müssen genau überlegen, was wir tun. Einfach wird es nicht, das sage ich euch.“

„Ich muss euch gestehen, dass ich beide Briefe schon in der Höhle gelesen habe und ich habe sofort geantwortet“, sagte Darius leise.

„Ohne uns zu fragen?“, fiel Karl ihm barsch ins Wort.

„Ja. Die Zeit drängt. Aber hör mir erst einmal zu!“ Und mit ruhiger Stimme sprach er weiter. „Ich habe um Hilfe gebeten und ich habe geschrieben, dass Agathe unter allen Umständen nach Hause zurück muss. Sie kann nicht bleiben.“

Opa Aaron seufzte laut und sagte: „Das war gut, aber es wird nicht viel nützen. Ich habe da eine bessere Idee. Wir nehmen es selbst in die Hand.“

„Tolle Idee!“, sagte Karl spitz zu seinem Vater.

„Und wie willst du das anstellen?“, fragte Darius.

Mit schwerem Schritt ging Opa Aaron zu seinem alten Schreibtisch und öffnete im hinteren Teil ein Geheimfach. Vorsichtig holte er eine kleine Flasche hervor. Er hielt sie wie einen Schatz in seinen Händen. Ihr Inhalt leuchtete giftgrün.

„Das ist doch nicht etwa das Elixier?“, fragte Darius ungläubig.

„Doch, das ist es und es würde für uns drei reichen. Was meint ihr?“

„Wann brechen wir auf?“

„Nicht so hastig, Karl. Es darf uns kein Fehler unterlaufen. Darius, was weißt du alles über die Sieren?“

„Also, ich weiß zum Beispiel, dass …“

Plötzlich wurde die Werkstatttür aufgerissen. Agathes Mutter brüllte aus Leibeskräften in die Werkstatt.

„Hab ich's doch gewusst, dass hier etwas nicht stimmt. Wo ist Agathe?"

Darius, Karl und Opa Aaron zuckten förmlich zusammen. Vor lauter Schreck ließ Opa Aaron die Flasche fallen. Entsetzt starrten die drei Männer zu Boden. Dort breitete sich langsam, aber sicher die giftgrüne Flüssigkeit aus. Die Luft in der Werkstatt roch wunderbar nach Apfel.

Zornesröte stieg in Darius Gesicht auf. Wutentbrannt wandte er sich Marie zu. Seine Stimme dröhnte durch die Werkstatt.

„Du selten dämliche Kuh. Jetzt hast du alles kaputt gemacht."

Verdattert schaute Marie von einem zum anderen.

„Die Flasche wird doch wohl zu ersetzen sein."

Darius ging langsam und drohend auf sie zu. Karl hielt ihn am Arm fest. Mit einem eiskalten Blick sagte Darius zu seiner Schwägerin: „Agathe ist in der Bibliothek. Und jetzt verschwinde!"

Beleidigt drehte sie sich um und ging aus der Werkstatt, aber nicht, ohne ihrem Mann einen warnenden Blick zuzuwerfen.

„In der Bibliothek!? Das muss einem in dieser Situation erst einmal einfallen", meinte Karl anerkennend. „Und was nun?"

„Die Frage ist berechtigt. Ich werde versuchen, das Elixier über das Geheimfach in der Höhle zu bekommen. Ich werde es damit begründen, dass es das Beste ist, wenn wir Agathe selbst holen. Dann sind nämlich vier Menschen bei ihnen und das werden sie unter gar keinen

Umständen dulden. Was meint ihr?", fragte Darius in die Runde.

„Einen Versuch ist es auf alle Fälle wert. Probiere es, Darius!", meinte Opa Aaron.

„Also gut, ich gehe."

Zurück blieben Karl und sein Vater.

„Was denkst du gerade?", fragte Opa Aaron ihn.

„Ich fühle mich hilflos. Die ganze Sache ist so unwirklich. Wenn ich eins gelernt habe, dann ist es dies: Ich werde nie wieder sagen, so etwas gibt es nicht! Ich möchte nicht wissen, wie viele Dinge es zwischen Himmel und Erde gibt, von denen wir keine Ahnung haben. Mir bleibt nur noch eins, zu hoffen, dass wir Agathe gesund und munter wiederbekommen. Alles andere ist unwichtig."

„Irgendetwas liegt in der Luft. Was meint ihr? Es riecht nach Problemen." In der Werkstatttür stand Oma Liesbeth. „Lasst mich raten! Es hat mit Agathe zu tun, oder?"

Karl schaute wie ein ertapptes Kind zu Boden und sein Vater holte tief Luft, aber sagte kein Wort.

„Sagt nichts! Es ist besser so. Ich will es auch gar nicht wissen. Ich hoffe nur, dass ihr es wieder hinbekommt. Beim nächsten Mal kann mir Darius ruhig *Guten Tag!* sagen und nicht heimlich hier herumschleichen. Ich bin die Letzte, die euch in die Suppe spuckt. Soll ich mich um Marie kümmern?"

Endlich war Karl zu einer Regung fähig.

„Wenn du das machen würdest?"

„Ich hatte sowieso vor, zur Gartenausstellung zu fahren. Zufälligerweise hat mich meine Freundin für ein paar Tage eingeladen. Ich werde Marie fragen, ob sie mich begleiten möchte."

Ungläubig schaute Aaron seine Frau an. „So, so Gartenausstellung. ... Es ist vielleicht keine schlechte Idee."

„Ich gehe gleich mal rüber zu ihr. Es wäre gut, wenn du noch eine Weile bei Vater bleibst."

Oma Liesbeth zog sich die Schürze aus, legte sie auf die Gartenbank und ging zu ihrer Schwiegertochter.

Wie ein Tier im Käfig schritt Karl in der Werkstatt auf und ab. Minute um Minute verging.

„Ich gehe jetzt nach Hause."

Opa Aaron liefen dicke Tränen über das Gesicht. Agathe hatte ihm schon immer sehr nah gestanden. Für ihn war Agathe etwas ganz Besonderes. Er wischte sich die Tränen aus dem Gesicht. Solange ich ein Fünkchen Hoffnung habe, werde ich kämpfen und wenn es mein letzter Kampf ist, sagte er sich. Bedächtig begab sich Aaron an seine Werkbank und setzte sein begonnenes Werk fort. Arbeit war für ihn die beste Therapie. Aber so recht wollte ihm die Schnitzerei von der Hand gehen.

Karls Gedanken wanderten von einem Extrem ins andere. Seine Frau beobachtet ihn.

„Was ist los mit dir? Du sprichst kaum noch mit mir. Dein Handy ist wichtiger als alles andere. Hast du eine andere?" Karl schaute seine Frau lange an.

„Ich geh zu Bett. Gute Nacht!" Er gab ihr einen flüchtigen Kuss. „Mach dir keine Sorgen! Es ist keine andere Frau. Es ist einfach alles bisschen viel."

Das Handy legte er griffbereit aufs Nachttischchen.

***

Irgendwann in der Nacht hörte er, dass eine SMS angekommen war. Er las die Nachricht. Lautlos verließ er das Schlafzimmer und zog sich im Badezimmer an. Dann schlich er sich aus dem Haus. Mit schnellen Schritten war er beim Haus seiner Eltern. Darius und Opa Aaron warteten auf dem Hof auf ihn.

„Wir müssen zur Höhle. Ich habe eine Nachricht erhalten, dass heute das Elixier für uns hinterlegt wird", flüsterte Darius.

„Wir werden alle gehen. Ich denke, zu dritt haben wir gute Chancen, Agathe mit nach Hause nehmen zu können. Also los, worauf warten wir noch?", fragte Karl.

Im Schutz der Dunkelheit verließen sie das Dorf. Sie gingen an den Feldern vorbei zum Wald. Zielsicher fanden sie den Weg zum Flüsschen und dann die Höhle. Karl war beeindruckt von ihr. Aber noch beeindruckender fand er den Bogen aus tausenden aneinandergereihten Bergkristallen. In dem bläulichen Licht hatte alles einen märchenhaften Hauch. Für einen Moment vergaß er, warum sie eigentlich in dieser Höhle waren.

„Wartet hier! Ich hole die Flasche."

Darius ging durch den Kristallbogen und bog hinter ihm rechts ab. Geduldig warteten Opa Aaron und Karl, bis Darius zurückkam. Freudestrahlend hielt er die Flasche mit dem Elixier in die Höhe.

„Sei bloß vorsichtig! Noch eine werden wir wohl kaum bekommen", rief Karl seinem Bruder zu.

„Hast ja recht, Karl. Aber tu mir einen Gefallen! Sieh bitte nicht immer alles so schwarz. Was wir brauchen, ist

Optimismus und Zuversicht. Natürlich brauchen wir auch den festen Glauben an uns. "

„Ja, ja! Was ist jetzt zu tun?", wollte Karl wissen.

„Nun beginnen wir mit unserem Abenteuer."

„Lass die Witze, Darius! Die Sache ist zu ernst, um daraus einen Abenteuertrip zu machen."

„Okay, Bruderherz. Von diesem Elixier nimmt jeder einen Schluck. Nicht mehr und nicht weniger! Der Schluck bleibt im Mund und dann kommt das Wichtigste. Du musst dich genau, aber wirklich haargenau unter den großen in der Mitte hängenden Bergkristall stellen. Wenn du in der richtigen Position stehst, schluckst du das Elixier runter. Du spürst, wie es sich im Körper ausbreitet. Versuch, einen Schritt nach vorn zu gehen. Es wird dir nicht gelingen. Nach ein paar Minuten ist der Spuk vorbei und wenn du alles richtig gemacht hast, dann bist du auf der anderen Seite. Gibt es noch Fragen?"

„Warum gehen wir nicht gleich durch den Bogen und drüben auf der anderen Seite wieder raus?", wollte Karl wissen. Endlich sagte auch Opa Aaron etwas.

„Du kannst durchgehen und die Höhle auf der anderen Seite wieder verlassen. Dann bist du aber immer noch in unserer Welt. Nämlich auf der anderen Seite vom Sierengebirge. Wir müssen aber zu den Sieren. Und dazu benötigen wir den Bergkristallbogen und das Elixier. Erst beides zusammen öffnet uns den Weg zu ihnen. Es nimmt dir keiner übel, wenn du sagst, du gehst nicht mit. Ein kleiner Fehler kann eine verheerende Wirkung haben. Stehst du zu weit rechts oder links, kommst du ganz woanders raus, in Ort und Zeit. Schluckst du das Elixier zu zeitig, beginnt die Dematerialisierung ebenfalls zu zeitig. Die Folge wäre, dass dich keiner mehr zusammensetzten kann. Zumindestens nicht wir und ob die Sieren so allmächtig sind, mag ich bezweifeln."

Karl musste schlucken. Sein Mund war ganz trocken. Ein flaues Gefühl breitete sich in der Magengegend aus.

„So genau wollte ich es gar nicht wissen. Wer macht den Anfang?"

„Ich. Geht etwas schief, werdet ihr es bemerken. Ihr könnt dann immer noch abbrechen und nach einer anderen Lösung suchen. Seid ihr einverstanden?", fragte Opa Aaron seine Söhne.

Darius und Karl nickten.

„Gib mir die Flasche!"

Flink wie ein Wiesel stellte sich Opa Aaron passgenau unter den Kristall, öffnete die Flasche und schüttete etwas von der Flüssigkeit in den Mund. Die Luft begann zu flimmern und grünes Licht breitete sich aus. Scheinbar machte er einen Schritt nach vorn und plötzlich war alles vorbei. Das Ganze dauerte nicht einmal eine Minute.

***

Entsetzen stand den beiden Zurückgebliebenen buchstäblich ins Gesicht geschrieben.

„Was ist denn in den Alten gefahren? Der hat das Elixier mitgenommen. Und nun?", fragte Karl.

Darius stand wie angewurzelt da.

„Das hat er von vornherein geplant. Er wollte uns gar nicht mitnehmen. Wir sollten ihm nur den Rücken freihalten. Nachdem ihm das Elixier runtergefallen war, hatte er keins mehr und dazu brauchte er mich. Mist."

„Weißt du, was mir gerade bewusst wird? Vater hatte dieses Zeug zu Hause, versteckt in seinem Geheimfach. Kann es sein, dass er diesen Weg öfter gegangen ist? Er wusste genau über die Risiken Bescheid, bis ins kleinste Detail."

„Ja, aber das hilft uns nicht wirklich weiter, oder?" Karl Kraft setzte sich auf einen der Steine. „Ich bleibe hier." Demonstrativ verschränkte er die Arme vor seiner Brust, um so Entschlossenheit zu zeigen. Er schaute seitlich zu seinem Bruder.

„Auf was willst du denn hier noch warten?"

„Wie wäre es mit einem Wunder oder einer Eingebung oder einem Zauber? Ich gehe nicht eher hier weg, bis ich eine Lösung gefunden habe."

„Mach dich doch nicht lächerlich, Bruderherz."

„Wenn ich jetzt nach Hause gehe, wie soll ich erklären, wo Vater ist? Du verschwindest und ich kann die ganze Suppe allein auslöffeln. Ohne mich!"

„Ich werde mitkommen."

„Na prima, da müssen wir auch noch erklären, wo Agathe ist. Ich habe es satt. Kannst du das verstehen?"

„Doch schon, aber wie stellst du dir das vor? Wir können nicht tagelang hier in der Höhle hocken, ohne Essen und Trinken."

„Wasser ist draußen im Flüsschen und Essen brauche ich nicht. Ich habe sowieso keinen Hunger. Ein paar Kilo weniger. Da würde sich mein Arzt riesig freuen. Noch irgendwelche Anmerkungen?"

„Also gut, warten wir."

Darius suchte sich einen passenden Stein und setzte sich hin. Karl starrte schweigend auf seine Schuhe. Darius betrachtete die Höhle. Es ist wirklich ein faszinierender Platz, dachte er. Wie schön es hier ist, fast wie im Märchen. Karl scharrte mit dem Fuß im Sand. Darius nervte es, er stand auf und lief hin und her. Karls Gelassenheit war nun auch vorbei.

„Wollen wir uns die Höhle anschauen?", fragte Karl.

„Besser, als hier sinnlos rumzusitzen. Dahinten geht die Höhle noch weiter."

Sie durchschritten den Kristallbogen und folgten dem Sandweg. Rechts und links sahen sie Stalagmiten und Stalaktiten. Manche Tropfsteine verbanden sich zu bizarren Figuren. Darius und Karl blieben stehen und genossen den Augenblick der Stille und das fantastische Bild, das sich ihnen bot.

„Hallooo!"

„Selber Hallo!", sagte Karl.

„Hallooo!"

„Warum sagst du denn dauernd Hallo!?", wollte Karl wissen.

„Ich habe überhaupt nichts gesagt."

„Sei mal still!"

„Hallooo!"

„Es kommt von vorn. Los zurück!"

Beide rannten, als ob es um ihr Leben ging. Als sie beim Bergkristallbogen ankamen, trauten sie ihren Augen nicht. Der Bogen leuchtete feuerrot und der Innenraum flimmerte. Sie sahen eine Frau. Leise fragte Karl: „Wer ist das?"

„Das ist Isa! Eine der wundervollsten Frauen, die ich je kennengelernt habe."

„Hör auf zu schwärmen! Frag sie, was sie will!"

Darius ging an den Bogen heran.

„Hallo Isa! Es ist lange her, seit wir uns das letzte Mal gesehen haben."

„Es sind fast zehn Jahre nach deiner Zeitrechnung. Du willst Agathe zurückholen. Dann komm!"

„Wie?"

„Geh einfach durch. Beeil dich! Lange kann ich das Kraftfeld nicht aufrechterhalten."

„Mein Bruder Karl muss auch mit."

„Beeilt euch!"

Die Brüder schauten sich an, nickten einander zu und durchquerten den Bogen. Ihnen wurde ganz warm und alles um sie herum versank in einem Strudel. Er drehte und drehte und drehte sich. Nach einem kurzen Moment wurde die Luft wieder klar und vor ihnen stand Isa. „Das war knapp. Schön, dich wiederzusehen. Und das ist dein Bruder Karl?", fragte Isa und reichte Karl ihre zierliche Hand.

Er ergriff sie und schüttelte sie kräftig.

„Nun reiß ihr nicht den Arm ab", ermahnte Darius ihn.

„Entschuldigung", meinte Karl.

„Isa, ich dachte, nur mit dem Elixier kommt man zu euch und nun das?"

„Du bringst mich ein bisschen in Verlegenheit. Ich hatte da eine kleine Unterstützung. Wir müssen gehen.

Der Rat der Sieben wird bald seine Entscheidung über die weiteren Schicksale von Agathe und Aaron treffen. Aaron, dieser Narr, dachte, er kommt gegen den Rat allein an. Jetzt, da ihr da seid, sieht es etwas anders aus. Ral, Festons Sohn, wird euch zum Saal bringen. Auf ihn könnt ihr euch verlassen. Also kommt jetzt! Die Zeit drängt."

Am Höhlenausgang wartete Ral. Dieser musterte die Neuankömmlinge genau.

***

Im Saal der Sieben richteten sich acht Augenpaare auf den Kamin. Dort spielten die Flammen verrückt und der Stein der Steine drehte sich sehr schnell. Er drohte fast sich zu verselbständigen.

„Es ist jemand durchs Tor gekommen", sagte Diabas, der Hüter über das Wissen von Mutter Erde.

Die Flammen beruhigten sich wieder, aber sie wurden zusehends kleiner und im Hintergrund des Kamins war eine Gestalt zu sehen. Sie stieg schnell über die Flammen und stand nun mitten im Saal. Agathe und Feston sprangen auf und riefen: „Opa!"„Aaron!"

Opa Aaron sah nach seiner Hose, ob sie vielleicht brannte. Dann sagte er: „Entschuldigung, ich habe die Abkürzung genommen. Ich hatte Angst, zu spät zu kommen. Geht es dir gut, Agathe?"

„Was machst du hier?", fragte Agathe fast schon vorwurfsvoll.

„Ich bin gekommen, um dich nach Hause zu holen."

Feston hatte sich wieder gefasst. „Aaron, du dringst in unser Land und in unser Heiligtum ein. Bist du dir deines

Handelns bewusst?", fragte er leise und doch für jeden hörbar.

„Ja. Agathe ist mein Enkelkind und ich liebe sie über alles. Ich werde nicht zulassen, dass ihr etwas zustößt. Im Stillen hatte ich gehofft, dass sich durch Agathe unsere Völker annähern. Das hatte ich mir zur Aufgabe gemacht. Ich habe es die ganzen Jahre über nicht geschafft. Ihr wart ja so stur und uneinsichtig. Wir hätten so viel bewirken können."

„Das stimmt und wir haben gute Gründe dafür. Du kennst sie", entgegnete Feston.

Sidon stand jetzt auf. „Agathe hat sich bereit erklärt, uns zu helfen. Wir werden alles tun, damit ihr nichts geschieht. Sie hat unser Wort."

„Nehmt mich und lasst sie gehen. Ihr Vater und Darius stehen auf der anderen Seite und warten auf sie."

Feston stützte sich auf dem Tisch ab. Seine Gesichtszüge verhärteten sich.

„Du hast ihren Vater eingeweiht? Reicht es nicht, dass du in unser Heiligtum eindringst, als ob es das Normalste von der Welt wäre? Kein Siere würde sich das getrauen. Was respektierst du denn überhaupt? Und dann erzählst du seelenruhig, dass auf der anderen Seite noch zwei warten. Im Moment bist du ein ungebetener Gast, der hier nichts zu suchen hat. Wir werden uns später mit dir unterhalten. … Donatius! …"

„Das kannst du nicht machen!", sagte Aaron erschrocken. „Doch, das kann ich. … Donatius …"

Hinter Aaron entstand weißer Rauch und aus diesem trat ein alter Mann in einem schwarzen langen Gewand.

Sein silberschimmerndes Haar war kräftig, etwas länger als das der anderen und gewellt. Der Bart war ebenfalls silbern und reichte ihm bis zu seinen Knien. Auf den Kopf trug er einen schwarzen, großen spitzen Hut mit Krempe. Er sagte kurz und bündig: „Da bin ich."

„Nimm Aaron mit!"

Donatius breitete seine Arme aus. Beide Männer waren innerhalb von Sekunden im weißen Rauch eingehüllt. Einen Lidschlag später verzog sich dieser und die Männer waren verschwunden. Agathe war zu keiner Regung fähig. Sie war nicht einmal in der Lage gewesen, ihrem Opa zu Hilfe zu eilen.

„Was habt ihr mit meinem Opa gemacht?"

Erstaunt drehten sich alle Sieben zu Agathe um.

Völlig irritiert sagte Diabas: „Nichts."

„Und wo ist er?"

„Wir haben ihn nur aus dem Saal entfernen lassen. Er hatte kein Recht, hier zu sein."

„Doch das hat er. Er ist meinetwegen gekommen. Ich möchte, dass er wieder hier bei mir ist."

Sothis stand auf und sagte mit leiser, aber überzeugender Stimme: „Wir sollten das Ganze an dieser Stelle abbrechen." Abbe stimmte dem zu. „Das wird wohl das Beste sein."

„Feston! Es kommt noch jemand durchs Tor", sagte Sothis. Der himmelblaue Stein drehte sich erneut sehr schnell.

„Das werden doch nicht etwa die anderen zwei sein?", fragte Abbe besorgt.

Mit einer beschwörenden Stimme sagte Feston: „Stein

der Steine zeige uns, wer durch das Tor gekommen ist!"

Im Inneren stieg weißer Rauch auf und verteilte sich, bis das Innere des Steines undurchsichtig war. Agathe sah ihren Vater, Darius und Isa. Sie gingen durch eine Höhle. Mehr konnte Agathe beim besten Willen nicht erkennen. Es war bedrohlich still im Saal. Feston ließ sich auf seinen Stuhl fallen. Er stützte den Kopf in die Hände und wiegte dabei seinen Körper hin und her. Plötzlich richtete er sich auf.

„Donatius, bring Aaron!"

Wie Aaron verschwunden war, so kam er wieder zurück. Agathe lief ihrem Opa entgegen und umarmte ihn. Der Rat der Sieben zog sich zurück.

**

Aaron und Agathe setzten sich vor den Kamin und schauten ins Feuer.

„Du hast viel erlebt, nicht wahr? Hier ist das Leben anders", sagte Opa Aaron.

„Ja, das stimmt. Was wird nun passieren?"

Agathe lehnte ihren Kopf an seine Brust. Opa Aaron legte seinen Arm behutsam um ihre Schultern.

„Sie werden darüber reden, wie sie die Sache zu Ende bringen."

„Wie bist du eigentlich hierhergekommen?"

„Vorhin? Darius hat uns das Elixier besorgt."

„Darius?"

„Ja. Vielleicht erzählt er dir irgendwann einmal seine Geschichte."

„Hm."

„Ich kenne Feston seit meiner Kindheit. Ich bin ihm genauso begegnet wie du Ral. Feston ist ein außergewöhnlicher Siere."

Agathe und ihr Opa hörten Geräusche.

„Sie kommen wieder zurück. Wir sollten am Tisch auf sie warten", sagte Opa Aaron.

„Schau mal, Opa! Vorher standen acht Stühle hier und jetzt sind es elf. Wo kommen die drei zusätzlichen Stühle her? Ehrlich gesagt, es ist schon ein recht merkwürdiger Raum."

„Ich war nur einmal hier im Saal. Traue deinen Augen nicht. Im Saal ist alles möglich. Scheinbar haben Naturgesetze hier keine Gültigkeit. In gewisser Weise ist es eine Ehre, hier zu sein."

„Da hast du völlig recht. Setzt euch bitte, wir warten noch auf die anderen. Sie müssten jeden Moment hier eintreffen", sagte Feston.

Ein leiser dumpfer Ton war zu hören. Feston ging zum unsichtbaren Eingang. Der Fels begann in den schönsten Farben zu flimmern.

***

Feston holte unter seinem Umhang einen regenbogenfarbenen Stein hervor und hielt ihn in das Flimmern. Der Durchgang war nun frei.

Als Erster betrat Agathes Vater den Saal. Erstaunt betrachte er diese wunderbare und geheimnisvolle Kulisse. Hinter ihm trat Darius hervor. Auch er schaute sich um. Dann sah Agathe Ral. Ihr Herz schlug heftig, sodass sie Angst hatte, dass es jemand hören könnte. Endlich war er wieder in ihrer Nähe. Agathe ließ sich von ihm in die Arme nehmen. Dann tastete sie nach seiner Hand, ohne die Umgebung aus den Augen zu lassen.

Karl räusperte sich und fragte sie: „Geht es dir gut?" Bevor Agathe überhaupt etwas erwidern konnte, sagte Opa Aaron: „Es ist alles in Ordnung. Setz dich!"

Karl nahm vorsichtig auf dem Stuhl neben Opa Aaron Platz. Skeptisch betrachtete er die leeren Stühle neben sich.

„Die Stühle werden schon nicht auseinanderfallen", sagte Feston.

Langsam nahmen alle anderen Platz. Man konnte ihnen ansehen, dass sie sich nicht wohl in ihrer Haut fühlten.

Keiner in der Runde machte Anstalten, irgendetwas zu sagen.

Dann ergriff Karl das Wort: „Ich glaube, wir sollten uns erst einmal vorstellen und vielleicht erklären, warum wir hier sind."

Er machte eine kurze Pause, um zu sehen, ob er den richtigen Ton getroffen hatte. Agathe, Aaron und Darius schienen mit seiner Wortwahl einverstanden. Ral starrte schuldbewusst vor sich auf den Tisch. Die Männer vom Rat der Sieben schauten Karl erwartungsvoll an.

„Im Vorfeld möchte ich mich für unser Eindringen entschuldigen. Wir sind mit Ihren Gepflogenheiten nicht vertraut. Wir spüren, dass wir nicht willkommen sind." Karl hob und senkte seine Schultern und sprach weiter: „Das ist mein Bruder Darius." Er deutete mit einer knappen Geste auf Darius. „Der ältere Mann neben mir ist unser Vater. Mein Name ist Karl. Ich bin der Vater von Agathe. Den jungen Mann, der uns hierher begleitet hat, den kennen Sie ja selbst. Wir sind ihm zu Dank verpflichtet. Ohne ihn hätten wir uns wahrscheinlich verirrt." Agathes Vater machte eine nachdenkliche Pause. „Wir sind hier, um Agathe nach Hause zu holen. Ich hoffe, dass es keine Probleme geben wird. Wir werden die Grenzen unserer beiden Welten nie mehr verletzen. Darauf gebe ich mein Ehrenwort." Immer noch schwiegen alle. „Da niemand etwas dazu zu sagen hat, denke ich, werden wir jetzt gehen." Karl Kraft stand demonstrativ auf, um gleich wieder zur Räson gerufen zu werden.

„Hinsetzen!", befahl Diabas barsch.

Ohne Widerworte ließ sich Karl auf seinen Stuhl zurückfallen. Er schaute hilfesuchend zu Darius. Sidon begann sich zu äußern.

„Deine Entschuldigung akzeptieren wir. Aber ihr könnt hier nicht tun und lassen, was euch gerade beliebt. Ihr, Aaron und Darius, lasst Karl sprechen, der bis vor Kurzem nichts von uns wusste. Und du, Ral, hättest sie nie hierher bringen dürfen."

Ral schluckte hörbar.

„Wir werden euch gehen lassen. Aber zuvor wird Agathe ihr Versprechen einlösen. Das ist doch so, Agathe?", fragte Sidon.

„Ja", erwiderte Agathe.

Opa Aaron wollte gerade protestieren, aber Sidon sprach gleich weiter: „Dann lege bitte deine Hände auf den Tisch." Den Mitgliedern des Rates nickte er kurz zu. Mit kräftiger Stimme sprach Sidon: „Zeit stehe still!"

Nacheinander nahmen sie die Hände vom Tisch.

„Was hat das zu bedeuten?", fragte Agathe.

„Nun, für die anderen ist die Zeit stehen geblieben. Bist du bereit?", fragte Feston Agathe.

„Ja." Agathe schaute sich kurz um und sah, dass selbst das Feuer im Kamin nicht mehr züngelte.

Feston holte unter seinem Umhang eine kleine Flasche hervor und Sidon schob Agathe ein Glas zu. Feston füllte es mit der hellbraunen Flüssigkeit aus der Flasche.

„Das ist ein Kräutertrunk. Trink ihn!"

Agathe spürte, wie die Flüssigkeit ihren Magen erreichte und sich von dort aus mit einem leichten Kribbeln ausbreitete. Es folgte eine bleierne Schwere. Ihre Augenlider klappten herunter und vor dem geistigen Auge sah sie Wolken, schneeweiße Wolken. Agathe drehte sich im Kreis. Überall, wo sie hinsah, waren Wolken. Sie hörte ein unangenehmes Pfeifen und die weiße Pracht teilte sich. Vor ihr lag ein Weg. In der Ferne sah sie Ral stehen. Er winkte und rief ihr etwas zu, aber sie verstand es nicht. Agathe wollt zu ihm laufen, aber sie konnte sich nicht einen Millimeter vorwärts bewegen. Stattdessen rollte der Weg, wie ein Laufband; nur kam Ral nicht näher, sondern entfernte sich, bis er zu einem kleinen Punkt schmolz und mit dem Weg eins wurde. Agathe spürte einen Schmerz, der ihr Gehirn erreichte. Er zog weiter über den Rücken zu ihren Füßen. Dort schien er sich aufzulösen. Sie hörte ihren Namen. Ja, es war kein Irrtum. Sie hörte ihre Namen. Mühsam öffnete sie die Augen und schaute in das Gesicht von Feston.

„Wie fühlst du dich?"

„Ganz gut, aber mein Körper schmerzt."

„Das haben wir gleich. Trink das!"

„Nicht schon wieder einen Kräutertrunk."

„Das hier ist ein Saft aus verschiedenen Früchten. Er wird dir schmecken. Probier einfach!"

Feston half ihr beim Aufsetzen und hielt ihr das Glas an den Mund. Sie trank in großen Schlucken. Es schmeckte ihr wirklich gut, fruchtig süß.

„Wo bin ich?", fragte Agathe.

„Du bist im Saal. Schau dich ruhig um!"

Ral, Darius, ihr Vater und Opa Aaron saßen immer noch in der gleichen starren Haltung auf ihren Stühlen.

„Wie geht es dir jetzt?", wollte Feston wissen.

„Mein Kopf ist wieder klar und die Schmerzen werden dumpfer. Feston? Ich träumte von Wolken und einem langen Weg. Ich sah Ral, der sich von mir entfernte. Was hat es zu bedeuten?"

„Steh erst einmal auf und geh ein Stück hin und her."

Sie fühlte sich etwas wackelig auf den Beinen, aber mit jedem Schritt gewann sie an Sicherheit.

„Und? Was hat mein Traum zu bedeuten?", wollte sie wissen.

„Träume sind manchmal unsere Wegweiser oder in ihnen verarbeiten wir Erlebtes. In deinem Fall zeigen sie, dass Ral nicht bei dir bleiben kann und du nicht bei ihm. Ihr findet nur über eure Träume zueinander. Du wirst einen Schmerz erfahren, der keine körperliche Ursache haben wird. Deine Seele wird dir den Schmerz schicken. Du kannst nichts dagegen tun."

In Agathes Augen sammelten sich Tränen. Sie würde

also mit Ral nicht zusammen sein können. Das ist es, was Feston ihr sagen wollte. Trotzdem hatte sie tief in ihrem Inneren die leise Hoffnung, dass es nicht so sein wird. Dies wollte sie nicht jetzt und hier mit Feston erörtern.

„Wie geht es weiter?"

„Die Zeit wird wieder ihren gewohnten Gang gehen und ihr könnt nach Hause."

„Was wird aus dem alten Helmar?", fragte sie.

„Welche Strafe wäre denn angemessen?", fragte Feston zurück.

Agathe schwieg sich aus. Statt ihrer ergriff Sidon das Wort.

„Wir haben zwar unseren Auricit in der Erdenwelt gesucht, aber nicht gefunden. Ral machte sich heimlich auf die Suche und kam mit einem verstauchten Fuß zurück. Helmar hat ihn dir gegeben, damit du ihn uns übergeben konntest. Es wäre somit an dir, die Strafe festzusetzen. Es sei denn, du möchtest es uns überlassen, ein gerechtes Strafmaß festzulegen. "

Agathe zögerte, bevor sie sprach: „Der alte Helmar lebt in einem Seniorenheim. Er ist ein einsamer Mann. Ich möchte ihn nicht bestrafen."

„Dann soll es so sein", sagte Feston.

Sidon rutschte näher an die Tischkante heran.

„Legt eure Hände auf den Tisch!"

Als alle Hände die Platte berührten, sagte er: „Zeit, geh weiter!"

Die vier erwachten aus der Starre und das Feuer im Kamin knisterte fröhlich.

„Wo waren wir stehen geblieben?", fragte Opa Aaron.

„Ihr wolltet mit Agathe nach Hause zurückkehren. Das könnt ihr. Aber bevor ihr geht, werdet ihr einen Eid leisten. Aaron und Darius, ihr seid natürlich ausgenommen, obwohl ich mir nicht sicher bin, dass ihr ihn wieder holen solltet. Ihr habt ihn ja schon geleistet. Kommt bitte zur ewigen Flamme!"

Verunsichert über die Wendung ging Karl mit Feston mit. Agathe folgte. Sie blieben vor dem Kamin stehen.

„Haltet eure linke Hand mit der Innenfläche gegen das Feuer und sprecht nach!" „Ich verspreche, bei meinem Leben, …"

„ …, dass ich über das Gesehene, Gehörte und mir Widerfahrene … nie reden werde. Die ewige Flamme nimmt mir das Versprechen ab."

Die Flamme änderte ihre Farbe, vom Gelb, Orange zu Blau. Feston schaute böse von einem zum anderen.

„Niemand belügt die Flamme. Wer von euch hat es nicht ehrlich gemeint?"

Karl wurde puterrot und nahm seinen Arm nach unten.

„Ich gebe Ihnen gern mein Ehrenwort, aber ich kann einer Flamme doch nichts versprechen", antwortete er.

„Hier herrschen andere Sitten und Bräuche. Akzeptiere das!", sagte Feston hart. „Agathe, trete zurück! Dein Vater wird den Eid noch einmal leisten. Allein!", bestimmte Feston.

Karl hob zum zweiten Mal seine linke Hand und leistete seinen Eid.

Das Feuer loderte fröhlich im Kamin, so als ob es sagen wollte: „Es ist alles in Ordnung." Zufrieden nickte

Feston. „Ral wird euch zum Tor bringen."

Agathe trat ganz dicht an Feston heran. „Mea wartet noch auf mich. Ich möchte nicht gehen, ohne mich von ihr und den anderen zu verabschieden."

„Ral, hole Mea!" Und zu Agathe sagte er: „Sprich in die Flamme. Sie werden dich in ihrem Feuer sehen und hören." Agathe wandte sich ungläubig dem Feuer zu.

„Na gut. Hier ist Agathe. Heute werde ich wieder in meine Welt zurückkehren. Aber nicht ohne euch ‚Auf Wiedersehen!' zu sagen. Ich habe viel gelernt und mich sehr wohl gefühlt. Ihr habt mich in eure Mitte aufgenommen und Ihr alle habt einen Platz in meinem Herzen gefunden."

Ral stellte sich zusammen mit Mea an Agathes Seite. Dabei schaute er sie liebevoll an, nahm ihre Hand und drückte sie ganz fest.

„Ich umarme euch und vermisse euch jetzt schon. Eure Agathe."

Rals Augen glänzten feucht. An den anderen gingen Agathes Worte auch nicht spurlos vorüber. Mea wischte sich eine Träne von der Wange, Opa Aarons Augen schauten traurig, Darius starrte seine Fußspitzen an und ihr Vater presste die Lippen aufeinander.

„Es wird Zeit. Ihr müsst gehen", sagte Feston.

Unter seinem Umhang holte er eine kleine Flasche mit dem Elixier hervor und gab sie Ral.

„Feston, du solltest mitgehen. Es sind eigentlich vier, die in der anderen Welt fehlen. Ein bisschen viel, findest du nicht auch? Sie sollten stimmig in die Zeit zurückkehren. Nur du kannst es korrekt bewerkstelligen", meinte Sidon. Seine Worte unterstrich er mit einem Kopfnicken.

Stirnrunzelnd gab Feston ihm recht, glättete seinen Umhang und prüfte mit den Händen den richtigen Sitz der Kappe auf dem Kopf.

„Aber, was ist mit dem Rätsel?", fragte Opa Aaron.

„Frag nicht so viel, sonst überlegen die es sich noch anders", zischte Karl in Opas Ohr.

„Ist ja gut", zischte er zurück.

„Agathe hat ihren Teil zur Lösung des Rätsels beigetragen. Mehr ist nicht nötig. Den Rest erledige ich. Ich werde mit Hilfe von Ral eine Tinktur herstellen, die dann wiederum die Möglichkeit eröffnet, die Umwandlung rückgängig zu machen. Das wird ein langwieriger Prozess. Ral wird mir helfen und ich hoffe auf die Unterstützung von Candela. Sie soll die Kreaturen zu mir bringen", erwiderte Feston. Mit einem knappen Kopfnicken signalisierte er, dass er nichts mehr zu sagen hatte. Das war auch nicht nötig. Jedem war klar, dass die Sieren ihr Problem lösen würden.

„Wir gehen durch die ewige Flamme. Ich gehe voraus und ihr kommt nach", wies Feston an.

„Wärest du zu einem Gespräch bereit nach allem, was hier passiert ist?", fragte Opa Aaron Feston.

Er schaute ihn nachdenklich an und antwortet: „Erst schicke ich deine Leute durch den Bogen und dann können wir reden." Opa Aaron nickte zufrieden.

Mit erhobenem Zeigefinger mahnte Feston: „Aber rühr dich nicht von der Stelle! Hörst du?"

Opa Aaron nickte abermals.

Feston wandte sich wieder dem Kamin zu. Mit einem Satz war er im Feuer und wurde von der Flamme verschluckt. Darius trat an Agathe heran.

„Du brauchst keine Angst zu haben."

„Können wir nun aufbrechen?", fragte Karl ungeduldig.

Ral ließ Karl den Vortritt.

„Nein, nein, mein Junge. Ich gehe als Letzter."

Ral hielt Agathe seine Hand hin. „Wir gehen zusammen. Vertrau mir!", sagte er.

Dieses Mal glaubte sie seinen Worten.

„Bei drei machst du einen großen Schritt und dann gehst du einfach weiter. … Eins, zwei, drei …"

Rings um Agathe war Feuer, aber es war nicht heiß. Sie hatte ein unglaublich gutes Gefühl. Das Feuer formte sich zu einem Strudel und entwickelte sich zu einem Sog. Nach ein paar Augenblicken standen sie in der Höhle mit dem Kristallbogen. Feston und Darius warteten schon. Gleich hinter ihnen stolperten Karl und Mea in die Höhle und Karl stieß Ral heftig.

„Kannst du nicht ein Stückchen weitergehen, wenn du weißt, dass noch jemand kommt?"

Ral lachte herzhaft.

„Ich wusste gar nicht, dass du es so eilig hast", neckte Darius.

„Für gewöhnlich benutze ich andere Wege, um von A nach B zu gelangen. Aber nichts für ungut, diese Variante ist auch akzeptabel."

„Ich erkenn dich gar nicht wieder, Bruderherz", sagte Darius.

„Man lernt eben nie aus. Und? Wie ist es mit dir? Hast du auch etwas dazu gelernt?"

„Ja, das habe ich."

„Gut so, dann können wir mit dem Hokuspokus beginnen. Ich bin bereit und ihr?"

***

Jetzt war endgültig die Stunde des Abschieds gekommen. Eine Sache, die Agathe aus tiefsten Herzen hasste und gefürchtet hat. Aber sie hatte gewusst, dass dieser Tag kommen würde. Kurzentschlossen umarmte sie Mea heftig und herzlich. Sie sah in Meas Augen Tränen, die immer mehr wurden und dann die Wangen hinunter kullerten. Agathe wischte sie ihr weg und lächelte sie an. Dann ging sie zu Ral, umarmte ihn und gab ihm einen Kuss auf seinen Mund. Ihre Lippen verschmolzen und Agathe fühlte sich eins mit Ral. Zaghaft lösten sie sich voneinander, ohne es wirklich zu wollen. Ihre Hände suchte und fanden sich. Langsam dreht sie sich von Ral weg. Ihre Verbindung war unterbrochen. „Ich bin bereit", sagte Agathe ohne Ral anzusehen.

Feston runzelte seine Stirn und ließ ein leises Räuspern hören. „Einen kleinen Moment noch. Ich muss eure genaue Position bestimmen. Euer Wechsel soll ja nicht auffallen und sich nahtlos in die Zeit einfügen."

Feston holte einen faustgroßen Bergkristall und einen grünen Stein hervor. Agathe wunderte sich, was Feston alles aus dem Umhang zauberte. Das kannte sie von Rals Hosen. Feston hielt beide Steine hintereinander, den Bergkristall zuerst, in Richtung Bogen, dem größten und mittig hängenden Kristall entgegen und schaute dabei durch beide hindurch.

„Zeit vorher, Zeit nachher, Zeit jetzt, richtige Zeit …" Er wiederholte es immer wieder. Agathes Vater wurde es zuviel. Er wollte Feston ansprechen, aber Ral konnte ihm gerade noch rechtzeitig den Mund zuhalten.

Feston zitterte am ganzen Körper. Karl wurde es unheimlich und er ging zwei Schritte von Feston weg. Auch Agathe war es nicht ganz geheuer. Aber anders als ihr Vater hatte sie Vertrauen zu Feston.

Vom Kristall ging ein feiner Lichtstrahl aus. Feston leitete ihn zum großen Bergkristall. Von dort wurde er reflektiert, traf im Sand auf und markierte den Standpunkt als leuchtenden Punkt.

„So, das ist die richtige Stelle. Auf der müsst ihr stehen. Wer geht zuerst?", fragte Feston.

Karl sagte gleich: „Ich gehe wieder als Letzter. So weiß ich, dass Agathe schon auf der anderen Seite ist. Ich würde sagen: Darius du zuerst."

„Wenn du meinst."

Darius stellte sich auf die Markierung. Er schaute noch einmal nach oben zu den Kristallen.

„Toll sieht das aus. Ihr müsst alle mal hochschauen."

Das bläuliche Licht spiegelte sich in seinem Gesicht wieder. Feston reichte ihm das Elixier. Darius nahm einen Schluck und drehte sich von den anderen weg, sodass sie nur noch seinen Rücken sehen konnten. Aus dem blauen Licht wurde grünes und der Raum unter dem Bogen flimmerte. Darius machte scheinbar einen Schritt nach vorn. Von einer Sekunde zur nächsten war das Schauspiel vorbei.

„Agathe, jetzt du!", sagte Feston.

Agathe seufzte tief. In ihrem Herz stach es heftig und die Luft zum Atmen wurde immer schwerer. In ihren Augen sammelten sich Tränen und ringsherum verschwammen die Konturen. Sie konnte kaum noch die Markierung erkennen. Feston half ihr, sich richtig auf die Position zu stellen. „Drück Isa ganz fest von mir."

Feston nickte stumm. Auf Rals Gesicht sah sie ein gequältes Lächeln. Sie schickte ihm einen Luftkuss und er ein gespielt fröhliches Zwinkern zurück. Feston reichte ihr die Flasche. Bevor sie einen Schluck nahm, schaute sie nach oben. Wie ein Blitz durchzog es sie. Das Amulett, dachte sie. Instinktiv griff sie danach. Gott sei Dank, sie hatte es nicht vergessen.

Sie nahm einen Schluck aus der Flasche.

Im nächsten Moment stand Darius vor ihr. Er nahm sie in die Arme und drückte sie fest. Sie begann hemmungslos zu weinen. Sie konnte sich nicht erinnern, jemals so heftig geweint zu haben.

„Denke immer daran, die Erinnerung kann dir niemand nehmen."

Hinter ihnen wurde das bläuliche Licht grün und die Luft begann zu flimmern.

„Komm ein Stück zur Seite! Dein Vater wird gleich hier sein!"

Und schon erschien Karl.

„Die widerlichste Reise, die ich je unternommen habe. Da ziehe ich das Feuer vor. Komm her, mein Spatz."

Agathe löste sich von Darius und fiel in die Arme ihres

Vaters.

„Ich habe mir solche Sorgen gemacht. Aber jetzt ist alles vorbei." Liebevoll strich er seiner Tochter über die Haare.

„Eigentlich war es nicht so schlimm. Es war eine wundervolle Zeit."

„Das glaube ich dir. Unterwegs kannst du mir alles erzählen."

„Wundere dich nicht, wir haben allen gesagt, dass du mit mir mitgefahren bist. Bei dieser Erklärung bleiben wir, oder?", fragte Darius.

„Ist schon in Ordnung. Wir haben ja einen Eid geleistet, nicht wahr?", erwiderte Agathe.

***

Als sie die Höhle verließen, schlug ihnen stickige Wärme entgegen. Die Luft war schwer und es roch industriell, obwohl sie Mitten im Wald waren. Abrupt blieb Karl stehen.

„Ich habe noch etwas vergessen."

„Was denn?", wollte Darius wissen.

„Ral hat mich um etwas gebeten."

Agathe stieg die Röte ins Gesicht. Ihr Vater trat ganz nah an sie heran.

„Das soll ich dir geben."

Er küsste sie auf die rechte Wange, danach auf die linke und zum Schluss auf die Stirn. Dann setzten sie ihren Weg fort. Sie überquerten das Flüsschen und bahnten sich den Weg durchs Farnkraut. In der Ferne hörten sie die Rufe.

„Agathe!"

„Karl!"

„Das sind doch Mutter und Björn. Die suchen uns", wunderte sich Agathe.

„Geht ihr ihnen entgegen und ich gehe zu Oma", sagte Darius.

„Na dann, wollen wir mal", sagte Karl zu seiner Tochter. Die Rufe kamen immer näher. Als Erstes entdeckten sie Björn und dann die Mutter. Sie wetterte gleich los.

„Wo wart ihr denn die ganze Zeit? Unsere Körbe sind schon übervoll. Wir wollen nach Hause. Wenn ich rufe, dann antwortet gefälligst." Ohne Luft zu holen, sprach sie weiter: „Wo sind eure Körbe?"

Agathe und ihr Vater schauten sich kurz an. Sie hoben ihre Schultern, lachten schallend und laut, dass es im Wald widerhallte. Es erwuchs daraus ein Lachflash. Vollkommenes Unverständnis war in den Gesichtern der anderen beiden zu sehen.

„Meine Gute, wir haben sie irgendwo stehengelassen", sagte Karl immer noch lachend.

„Ich glaube, euch hat die Waldluft geschadet", sagte Agathes Mutter.

„Nun beeilt euch. Ich will zum Fußball", drängte Björn.

Feston, der schlaue Fuchs, hatte sie in die Zeit zurückgeschickt, bevor Agathe Ral getroffen hatte. Einfach genial, dachte sie. Wenn es wirklich so wäre, müssten ihre Räder an der alten Eiche stehen. Und tatsächlich, als sie an der alten Eiche ankamen, standen vier Fahrräder dort. Hinter ihnen im Gebüsch raschelte es. Aus dem Dickicht kam Opa Aaron.

„Opa?", fragte Agathe erstaunt, freute sich aber, ihn zu sehen.

Opa Aaron lächelte und sagte: „Agathe, dich habe ich gesucht. Ich habe etwas für dich. Schau mal!"

Er hielt einen kleinen Karton mit vielen Löchern in der Hand.

Sie nahm ihn ganz vorsichtig und öffnete ihn. „Annandalia!" Überrascht schaute sie zu ihrem Opa.

„Hüte sie gut!", sagte Opa zu ihr.

„Zeig mal her!", forderte ihr Bruder sie auf. „Cool. Hat nicht jeder. Von mir aus kannst du sie mitnehmen." Für ihn war es damit erledigt.

„Anscheinend hat hier jedem die Sonne geschadet." Mit dieser Bemerkung ließ Mutter alle stehen, stieg auf ihr Rad und fuhr davon.

„Ist alles in Ordnung mit dir?", fragte Karl seinen Vater leise.

„Alles bestens. Es wird langsam unerträglich warm. Wollen wir nicht nach Hause gehen?"

„Ich schiebe beide Fahrräder, dann kannst du deine Spinne tragen. Sie ist nicht giftig, oder?", fragte Karl seine Tochter unsicher.

„Nein. Sie ist vielleicht ein bisschen neugierig."

„Willst du gar nicht wissen, wer sie mir mitgegeben hat?", fragte Opa Aaron Agathe.

„Ich glaube, ich weiß es."

„Er vermisst dich sehr."

Agathe wurde es schwer ums Herz. Sie glaubte, seine Nähe zu spüren, und hörte in Gedanken sein Lachen.

Alina schaute aus ihrem Fenster und winkte Agathe zu. „Kommst du gleich rüber? Ich habe eine neue CD", fragte sie Agathe.

„Ich helfe Mutter erst bei den Pilzen. Dann komme ich." Opa verabschiedete sich vor dem Haus der Krafts und Agathe und ihr Vater gingen aufs Grundstück. Agathe betrachtete das Haus mit anderen Augen. Sie hatte das Gefühl, als ob sie Jahre nicht mehr hier gewesen wäre.

„Das ist jetzt dein neues zu Hause. Ich hoffe, es gefällt dir. Bevor ich dich laufen lasse, musst du Kasimir kennenlernen", sagte sie zu Annandalia.

Agathe stieg mit ihr die Treppe hinauf in ihr Zimmer. „Das ist mein Zimmer und der rote Pelzträger, der auf meinem Bett liegt, das ist Kasimir, mein Kater."

Die Spinne riskierte einen Blick über den Rand des Kartons. Kasimir sprang auf und schlich um Agathes Beine. Sie kniete sich nieder und streichelte ihn ausgiebig. Dann stellte sie den Karton auf den Boden. Kasimir und Annandalia schauten sich lange an. Die Spinne kroch aus dem Karton heraus und rannte unter den Schrank. Der Kater machte keine Anstalten, sie zu fangen oder mit ihr zu spielen. Komisch, dachte Agathe.

Von unten hörte sie die Mutter rufen: „Agathe, kommst du runter? Ich beginne mit dem Putzen."

„Sofort." Agathe stellte sich an ihr Fenster. Ihre Gedanken flogen in eine andere Welt: die Welt der Sieren. Sie sah Ral, wie er lächelte, und sie spürte seinen Kuss auf ihren Lippen, vorsichtig strich sie mit dem Finger darüber. Agathe sah vor ihrem geistigen Auge Isa am Küchenherd, Mea winkte ihr zu und Feston las in einem dicken Buch. Die Stimme der Mutter holte sie in die Wirklichkeit zurück. Sie atmete tief durch und ging zu ihr in die Küche. Auf dem Küchentisch lag eine Unmenge von Pilzen. Das kann Stunden dauern. Aber was ist schon Zeit, fragte sie sich. Sie wusste es nach ihren Erlebnissen nicht mehr genau zu sagen. Aber eine Gewissheit blieb in ihrem Herz. Die nächsten Sommerferien kommen bestimmt.

Zeitfracht Medien GmbH
Ferdinand-Jühlke-Straße 7
99095 Erfurt, Deutschland
produktsicherheit@kolibri360.de